VO 47 2,30

Alexander Posch

Sie nennen es Nichtstun

Alexander Posch

Sie nennen es Nichtstun

Roman

Langen*Müller*

© 2014 Langen*Müller* in der
F. A. Herbig Verlagsbuchhandlung GmbH, München
Alle Rechte vorbehalten
Umschlaggestaltung: Wolfgang Heinzel
Umschlagmotiv: shutterstock
Satz: EDV-Fotosatz Huber/Verlagsservice G. Pfeifer, Germering
Gesetzt aus: 11,25 pt/14,25 pt Adobe Garamond
Druck und Binden: GGP Media GmbH, Pößneck
Printed in Germany
ISBN 978-3-7844-3346-2
Auch als ebook

www.langen-mueller-verlag.de

We're a happy family

THE RAMONES

Für meine Familie, die Ex-Mächtigen, und Lars,
zwischen ihm und mir wandert der Kasten Bier
hin und her.

Alles erfunden.
Figuren an einem ausgedachten Ort, Rahlstedt genannt,
der Fantasie des Autors entsprungen.

Vor der großen Stadt

Manchmal denke ich, mein Leben ist vorbei. Es ist wie ein erkaltetes Mittagessen, Rosenkohl zum Beispiel. Früher, ich denke oft an früher, früher haben wir uns noch unsere Träume erzählt, Dinge, die wir erreichen wollten, meine Freunde und ich, Reisen oder so, eine Frau finden, wahrscheinlich ›die‹ Frau, oder zum Konzert dieser oder jener Band irgendwohin fliegen, früher ist schon so lange her, dass ich kaum noch erinnere, von was wir damals sprachen. Heute sitzen wir nur noch beisammen und trinken Bier, abends, wenn die Kinder im Bett sind. Jeder hat eine Frau gefunden, aber ob es nun ›die‹ Frau ist, eine Frau halt, und Reisen haben wir auch gemacht, mehr oder weniger, aber woanders ist es auch nicht anders, außer wärmer, und über unsere Frauen sprechen wir eh nie. Wir sitzen und trinken, und ich weiß gar nicht, ob mir das noch gefällt, das Beisammensitzen, jetzt, wo der eine von uns so einen Tick hat und sich jedes Mal neu eingerichtet hat, wenn wir uns treffen, er zeigt Fotos von einem Schrank, echte Polaroids, keine rausgerissenen Fotos aus Möbelkatalogen, der teure Schrank steht jetzt dort, wo vorher die chinesischen Regale waren, und im Wohnzimmer wurde das 50er-Jahre-Cocktailensemble durch ein monströses schlammfarbenes

Sofa ersetzt, ich weiß gar nicht mehr, ob das noch ein Freund ist, und ich denke, dass ich ja mein Bier auch allein trinken kann.

Meine Freunde wohnen in der großen Stadt, und ich wohne vor der Stadt in Rahlstedt. Weit weg von der Stadt. Schön ruhig ist es hier in unserem Haus mit den drei Kindern. Das Ende des Lebens, denke ich, so muss es sein, erst war es viel, dann immer weniger und schließlich nichts, Ereignislosigkeit: Der Kleine trinkt Milch, die Zweite sagt ›Beuerbär‹, und die Große will Rad fahren. Ein Freund heitert mich immer auf, er sagt, schreib das doch auf, schreib über die Kinder, schreib einen Ratgeber, ›Herr über drei Kinder‹ oder so, damit ließe sich Geld verdienen. Aber ich will doch dieses Leben nicht noch durch ein Buch doppeln, außerdem kann ich nicht schreiben, und schließlich fällt mir kein Rat ein, zu den Kindern. Man muss halt ständig improvisieren, um den Ball oben zu halten. ›Müde‹ fällt mir ein, das ist der treffendste Ausdruck, der zu drei Kindern passt, ›Müde‹, so ein Buch müsste es geben, so einen dicken Schinken, aus dem ein Schnarchen kommt, und wenn man es aufschlägt, explodiert eine kleine Kapsel mit Schlafgas.

›Rausgehen‹ fällt mir auch noch ein, man muss immer rausgehen, um die Kinder zu unterhalten, eine Unordnung im Haus zu vermeiden, und weil die Luft so gut ist hier draußen im Vorort. Ich gehe immer raus, einen Park gibt es hier, aber keinen Spielplatz, überall nur Einzelhäuser mit Gärten, aber die Kinder wollen nicht raus in den Garten, es ist zu kalt, sagen sie, oder es ist dies und das, und so gehe ich einfach nur raus und die Straße hoch und runter, an den ganzen Häusern vorbei, die Straße entlang, hin und her.

Zehnmal kommt dann ein ›Oho‹, oder ein ›Ach‹ über den Zaun, mindestens zehnmal, bei jedem Draußenrumgehen reden die Leute, Leute, die ich nicht kenne und die immer das Gleiche sagen, ›das muss schwer sein‹, und dann sagen sie nichts mehr, dahinter lassen sie eine Lücke, die Worte brechen ab, plötzlich ist wieder die Rahlstedter Stille zu vernehmen, beinahe unendlicher Raum, von dem sie annehmen, ich füllte ihn mit einem Seufzen, oder sie denken, ich fiele gleich auf die Knie wegen ihrer Anteilnahme, oder sie erwarten Teile der Kinderschar, die ich über ihren Zaun schmeiße, das Handy griffbereit, falls ein Kind nicht weit genug geworfen und von den bronzenen Zaunspitzen aufgespießt wird. Unablässig sind sie am Rufen, ›ja, ja, es ist schwer, entsetzlich schwer‹. Man redet viel in Rahlstedt.

Meistens sind das Frauen, eigentlich nur Frauen, die mich ansprechen, die Männer stehen gebückt im Vorgarten und grunzen, und alle sehen sie gleich aus. Schuhe, Hose, Jacke, Hut, fertig ist der Rahlstedter. So harken sie in ihren mit Sorgfalt gestalteten Vorgärten, einige davon sind betoniert, vollständig betoniert. Sie sind Bewohner fremder Welten, von denen ich nichts weiß, unvorstellbar, wie es in ihnen aussieht, wie und warum sie wohnen, was die alten Straßenlaternen in den Vorgärten bedeuten, in welcher Farbe sie ihren Flur gestrichen haben, gibt es einen Flur im Haus, ob der strähnige Hund vor dem Gelbklinkerhaus Krebs hat? Lebt sein Besitzer noch?

Solche Gedanken habe ich mir früher nicht gemacht, aber früher passierte ja auch noch etwas. Heute denke ich mir Geschichten aus, die in Amerika spielen, Geschichten von einem Typen, der auch in so einer Straße wohnt und dann Verhältnisse mit allen möglichen Nachbarinnen anfängt, sich sozusagen durch die Straße schläft und nebenbei noch was über die Leute zu erzählen weiß. Eben ganz anders als ich. Diese Geschichte gefällt mir wirklich, sie ist theoretisch auch hier in Rahlstedt möglich, weil auch hier Frauen in den Häusern wohnen. Aber die Frauen sind alle so alt, dass man doch Abstand nehmen muss von dieser Idee, also zuckle ich weiter mit den Kindern, derweil schon auf der anderen Straßenseite, quasi auf dem Rückweg, das ›Oho‹ von den Alten hinter den Zäunen in Richtung Fluchtpunkt der Straße ausklingen lassend und den Weg unberührt fortsetzend. Und dann stelle ich mir wieder den Typen vor in seiner kalifornischen Neubausiedlung, Häuser perlenmäßig an die Straße gebaut, jedes mit einem Pool im Garten. Der Typ hat die fixe Idee, Poolhopping zu machen, von einem Pool zum nächsten und so durch die Pools der ganzen Straße und auf der anderen Seite wieder zurück. Zwischendurch gibt er die eine oder andere Geschichte über die Besitzer der Pools zum Besten, ziemlich verwitterte Charaktere, die da in Kalifornien um ihre Pools sitzen. Die Idee mit den Pools finde ich gut, denn in Rahlstedt gibt's keine Pools in den Gärten, und außerdem ist Spätherbst, beinahe schon Winter.

Vor Kurzem bin ich mal auf die Hinterseite der Grundstücke, da, wo sie an den kleinen Bach grenzen, bevor der Eisenbahndamm kommt, also dort, wo man in Rahlstedt die Gartenabfälle hinschüttet, ich bin also die Grundstücke abgeschritten, aber außer matschigen Schuhen ist nichts passiert. Keine Leichenteile in den Komposthaufen, überhaupt niemand zu sehen in den poollosen Gärten. Da bin ich wieder nach Hause gegangen.

Gerade gehe ich an einem Alten vorbei, bei Sturm ist mal die Wäsche der Nachbarin zu ihm rübergeweht, Spitzenunterwäsche, so erzählt man sich, drei Tage hingen sie in seinen Forsythien, rote Wäschestücke in der gelb blühenden Hecke, und der Alte mähte bahnhaltend seinen Rasen neben der Hecke, drei Tage lang, jeden Tag Rasen gemäht, die Wäsche duftete nach Feinwaschmittel. Vielleicht glaubt der Mann an unbekannte Flugobjekte, es gibt bestimmt unzählige Einsendungen unscharfer Fotos aus Rahlstedt, erhöhtes Telefonaufkommen, wenn die Meldung über die Landung von Außerirdischen nachrichtenmäßig Verbreitung findet, das passt zu Rahlstedt, vielleicht war das Höschen in der Hecke ja so etwas wie ein unbekanntes Flugobjekt für den Alten im grauen Kittel.

Ich bin wieder zu Hause, es drängt mich zum Sofa, meine Glieder sind schwer, die Ereignislosigkeit drückt mich. Der Kleine schläft, die beiden anderen gebe ich zu Frau Hansen, einer Nachbarin. Die halbe Nacht waren sie wieder wach, Zähne kriegen, schlechte Träume, Oblomow. Oblomow, wundere ich mich, wie lange habe ich nicht an Oblomow gedacht. Vielleicht denke ich wegen dem Alten im Kittel an ihn. Möglicherweise wartet auch er auf einen Brief, der ihn erweckt aus seinem Schneewittchensarg, möglicherweise hat er schon zu lange auf einen Brief gewartet, und der Brief kam nicht, niemals, und das Zeichen – Höschen in der Hecke – kam zu spät oder war überhaupt kein Zeichen, jedenfalls keines für ihn, sondern nur ein Zufall, oder er hat niemals stattgefunden, dieser gewaltige Windstoß, der die Wäsche von einem Nachbarn zum anderen trägt. Es wird so viel geredet hier in Rahlstedt. Ich habe auch schon lange keinen Brief mehr bekommen, denke ich, was soll's, so strecke ich mich ein wenig in die Ereignislosigkeit, müde bin ich, geh zur Ruh, der Kleine schläft, die anderen sind fort, und ich träume ein wenig, vom Mittagessen, noch ist Zeit, ich stelle mir eine Riesenauswahl vor, Reis, Nudeln, Kartoffeln, alles im Haus, was soll ich denn nur kochen heute, frage ich mich, ich rede gerne mit mir selber, WAS SOLL ICH DENN MACHEN, schreie ich.

Das ist sie, unsere kleine Welt

Unten tropft die Kaffeemaschine. Sie ist defekt. Sie tropft immer. Ich nehme ein Hemd aus dem Schrank, das blauweiße für sonntags. »Nur kurz raus«, antworte ich meiner Frau, in mir die drängende Hoffnung auf brachliegendes Leben; uferlos, wie die Kindheit. Und draußen unsere kleine Straße hinter der Gartenpforte: Kirschbäume sind hingepflanzt und Autoverlangsamungsschilder im Sonntagmorgenlicht. Und dann noch der Wald. Was man so Wald nennt in der Stadt. In der Vorstadt. Ein Grünstreifen mit Büschen und Birken. Ein Drahtzaun beschützt ihn vor uns Menschen. Die Stadt hat daraus ein verbotenes Paradies gemacht.

Geduckt schiebe ich einige Zweige fort, in der Nase Levkojen und Tagetes, strenger Duft der Blumenrabatten vom Nachbargrundstück, dann mache ich einen Schritt durch das Loch im Zaun, und das Grün hat mich geschluckt. Meine Schritte auf laubbedecktem Weg verstummen. Wenn ich so will, ist das märchenhaft, aber auch ein wenig langweilig, sonntagmorgens so allein im Dämmerlicht, hundert Schritt von der Wohnzimmercouch entfernt.

Aber ich Romantiker breite brav und mit beinahe jugendlicher Ungestümheit die Arme aus, tief drinnen im Grünstreifen, und ich atme diese Luft, die mich ganz benommen macht.

Und dann spüre ich ganz weit außen, weit vorne an den Fingerkuppen, etwas Fremdes, Flaumigraues. Ich denke: ›Oh, unheimlich!‹, aber eigentlich auch nicht, weil das hier ja nur der Grünstreifen am Ende unserer Straße ist. Und ich die Blumen aus Nachbars Garten rieche und vor mir dieses Tier sehe. Es schaut mich an wie ausgesetzt, oder der Metzger wartet daneben mit laufender Motorsäge. Und meine Beine wollen etwas beschwingt Osteuropäisches tanzen.

Tief wie in einem Brunnenschacht sitzt mir etwas in der Kehle. Etwas, das hinauswill. Aber es kommt kein Ton heraus. Nur etwas warme Luft. Dann räuspere ich mich und fummle gurgelnd an dem Wesen vor mir herum. »Komm mit«, befehle ich es zur Straße. »Dieser Hirsch heißt Hansi«, lese ich auf dem herzförmigen Anhänger. »Behandle ihn gut. Er ist ein armes Waisenkind.«

Meine Frau steht als Silhouette im beleuchteten Küchenfenster, als ich mit dem Wild durch die Pforte trete. Die Kinder sind bereits im Bett. Ich war länger weg als beabsichtigt. Nicht zu glauben, dass man einen Tag im Grünstreifen verbringen kann. Meine Frau will gleich hinaufgehen und die Kinder wecken, um ihnen das Tier zu zeigen. Ich halte sie zurück. »Morgen ist früh genug. Das Tier bleibt hier!« Ich stelle eine Schüssel Milch vor die Tür, dann legen wir uns schlafen.

Nachts öffne ich dem Hirsch heimlich die Garage. Er lässt sich problemlos rückwärts einparken. Das Tier bleibt ruhig, als ich das Garagentor schließe und mich reineren Gewissens wieder ins Bett lege.

Am anderen Tag schicke ich die Kinder Milch kaufen. Das Wild hat einen hohen Verbrauch. Währenddessen greife ich eine alte Dose aus dem Regal, schreibe »Reiten 50 Cent« drauf und hänge sie dem Hirsch an die Seite. Die Kinder kommen zurück, das Tier trinkt seine Milch, die Kinder reiten, sind begeistert, und kurz darauf haben wir einen florierenden, unangemeldeten Spielgerätebetrieb in unserer Garage. Kinder und Halbwüchsige treten unseren Rasen platt. Ich komme kaum hinterher, die Geldbüchse auszuleeren.

»Mein Vater holt einen Dachs aus dem Wald!« Das sagt ein Freund meiner Ältesten. Ein Großewortespucker wie sein Vater. Niemand holt einen Dachs aus dem Wald. Hansi bleibt die einzige Attraktion in unserer Straße. Und artig wirft der Tochterfreund seine 50-Cent-Stücke in das Blechdöschen an Hansis Flanke.

Schade, dass unser Hansi vom Reiten immer etwas schmutzig wird. Sein Fell leidet. Auf die kahlen Stellen kleben wir am Abend Wollreste. Dann geht es wieder für den nächsten Tag. Aber das Weiß in Hansis Augen wird täglich gelber. Wir können ihm nicht helfen.

Am Morgen gehe ich zu ihm. Der Hirsch hat die ersten grauen Haare an den Schläfen. »Hansi«, sage ich, »man liebt nur den Jugendlichen. Das mögliche Ungestüme, das noch Unvollendete, das Geheimnis.« Ich nehme ihm die Metallbox ab, tätschele seinen Kopf und parke ihn aus. In der Dämmerung führe ich ihn an den Waldrand. Als wir die Bäume erreichen, sage ich es noch einmal: »Hansi«. Ich klappe ihm aufs Hinterteil und sehe, wie er mit großen formvollendeten Sprüngen im Unterholz verschwindet, einem brachliegenden, uferlosen Leben entgegen.

Das Kamel aufrichten

Ich gehe langsam durch die Anlagen. Schiebe den Wagen vor mir her. Nebendran die beiden Mädchen. Sie gehen gerne spazieren. Von den Großeltern haben sie ein Kamel geschenkt bekommen. Der Sattel aus rotem Tuch, mit Goldstickerei verziert. Es bewegt seinen Kopf mit einem lieben Ausdruck. Alle Augenblicke verfangen sie sich in der Schnur und fallen hin, und man muss sie wieder aufstellen. Das Kamel und die Kinder. Oder sie streiten, wer das Tier ziehen darf. Also gehen wir sehr langsam zwischen den Bäumen in der lauen Sonne. Den Kleinen rutschen die Hosen, sie stolpern über ihre Füße, verlieren ihre Schuhe. Ich ziehe sie wieder an und putze ihnen die Nase mit dem Taschentuch und nehme sie auf den Arm, trage sie ein wenig, wenn sie nach Hause wollen, weinen mit ihren blutverkrusteten Knien. Meine Älteste, sie ist fünf Jahre alt, setzt die Füße ganz bewusst voreinander. Sie will nicht mehr hinfallen. Ihre Knie schmerzen so sehr von den vergangenen fallsüchtigen Jahren. Aber natürlich stürzt auch sie. Über die Schnur. Über ihre Schwester. Gut, dass unter der Haut des Knies gleich Knochen ist. Das gäbe tiefe Fleischwunden bei diesen dauernden Stürzen auf den Rollsplitt.

»Später«, sage ich, »wenn du Fahrrad fahren kannst und weniger Renndrang hast, dann heilen deine Knie.« Aber meine Älteste glaubt mir nicht und verdrückt sich die Tränen. »Später«, sagt sie verächtlich. Ich glaube, sie kann sich dieses Später nicht recht vorstellen. Sie denkt zum Beispiel auch, Schule ist irgendetwas, wo man Dinge bastelt, interessantere als die permanenten Papierblumen im Kindergarten.

Wir gehen heim. Ich bereite den Kindern ihr Abendbrot, lege sie ins Bett und warte auf meine Frau. Ich denke, als Ornithologin trifft sie viele interessante Menschen. Sie ist häufig auf Reisen, und sie weiß viel über Vögel. Wenn sie nach Hause kommt, erzählt sie von ihnen. Ich hingegen kann nichts erzählen. Ich war in der Allee, könnte ich sagen. Das Kamel ist ein Dutzend Mal umgefallen. Die Kinder haben zerschlagene Knie. Und der Kleine greift jetzt nach allem, was man ihm hinstreckt. Das interessiert niemanden. Also erzählt meine Frau. Heute geht es um einen Gastvogel an norddeutschen Küsten. Sein Name: Knutt. Ein 100 Gramm schweres Vögelchen.

»Er lebt in Namibia, obwohl man von Leben eigentlich nicht sprechen kann«, erzählt sie. »Namibia dient ihm zur Verdopplung seines Körpergewichts. Wieder auf 100 Gramm abgemagert, landet er an der Nordsee. Dort frisst er sich wieder 100 Gramm Übergewicht an. Nur so übersteht er diese langen Flüge. Im Sommer balzt und brütet er in Grönland, im Winter ist er wieder in Afrika. Und das fünfundzwanzig Jahre lang. Fressen und Abnehmen«, sagt sie, »dazwischen Extremsport. Passt gut rein in unsere Zeit, dieser Vogel. Wenn er nicht genug gefressen hat, fällt er einfach ins Meer.« Einfach ins Meer fallen, denke ich.

»Der Knutt fliegt immer nur zu diesen drei Orten. Er kennt keine Alternativen«, sagt sie. Ich nicke.

Sollte ich jetzt sagen, dass noch etwas Rhabarberkuchen da ist? Es liegt mir auf der Zunge. Irgendetwas muss ich sagen. Die rotgrünen Stangen sahen so verlockend aus hinten auf dem Beet. Die Kinder haben mit den Blättern Zwergenfamilie gespielt. Dann habe ich sie ihnen weggenommen, weil ich finde, sie sollen nicht so viel Zwergenfamilie spielen. Ich habe die Rhabarberblätter auf den Kompost geworfen. Die Kinder haben geweint. Ich bin in die Küche gegangen und habe Rhabarberkuchen gebacken. Es ist noch etwas da. Aber ich schweige.

»Wie viel wiegt ein Knutt, kurz bevor er nach Grönland fliegt?«, fragt mich meine Frau. Es ist so ein Spiel zwischen uns, durch gegenseitiges Abfragen stärken wir unser Erinnerungsvermögen.

»200 Gramm«, antworte ich. »Man müsste den Knutt nicht einmal flach klopfen, sondern könnte ihn in einem Großbrief um die Welt schicken. Wie viel Cent kommen auf einen Großbrief?« Die Fragen halten uns jung, sagen wir uns.

»145«, antwortet meine Frau. Dann geht sie ins Bett. Morgen fliegt sie zu einer Konferenz nach Kapstadt und trifft interessante Menschen.

Es ist noch früh. Ich rufe einen alten Freund an. Er behauptet, Schriftsteller zu sein. Aber ihm gelingt nichts. Es sei nicht verwerflich, erst mit über vierzig Jahren zu debütieren, behauptet er.

»Hallo Henni«, sage ich. »Hallo Henni!« Ich muss schreien. Ich muss in den Hörer schreien, weil bei Henni Lärm ist im Hintergrund. Es ist so laut, dass ich vergesse, warum ich angerufen habe. Ich glaube, ich wollte Henni etwas über den Knutt erzählen, von diesem Ins-Meer-Stürzen. Aber es ist so laut, dass ich weder seine Stimme noch meine verstehe. Ich bilde mir ein ›das Wenige, was wir im Kopf bewegen‹ zu hören. Es ist, wie wenn man eine Platte rückwärts hört, um die geheimen Botschaften auf ihr zu entschlüsseln. Aber es kann sein, dass das nur ein Fragment ist, das sich gerade durch meinen Kopf bewegt.

Wenn es nicht so laut wäre, könnte ich vom Spazierengehen erzählen. Aber so, wie es früher war. Da sind wir, meine Frau und ich, die Allee entlanggegangen. Damals, als wir noch nicht verheiratet waren und die Kinder nur eine von vielen Möglichkeiten. Ich könnte ihm erzählen, dass wir jetzt nicht mehr zusammen spazieren gehen, meine Frau und ich. Dass ich jetzt mit den Kindern durch die Allee spaziere. Dass es keinen freien Platz mehr gibt in unserem Leben. Dass es nur noch um die Belange der Kinder geht. Dass ich heute ein Dutzend Mal das Kamel aufgestellt habe. Aus dem Hörer lärmt es.

Früher hat Henni mir von einer jungen Frau erzählt, die er kennengelernt hatte. Seit ich ihn kenne, lernt er ständig neue junge Frauen kennen. Dabei ist er doch schon so lange mit Marion verheiratet. Nun, diese junge Frau, von der er erzählte, hatte Angst vor dem Miteinanderschlafen.

»Aber sie sagt nicht warum«, sagte Henni. »Sie weint, aber sie sagt nicht warum. Kannst du mir das erklären?«, fragte er, und ich hatte absolut keine Ahnung und erzählte etwas von einer amerikanischen Sekte. Jugendliche, die vor der Ehe keinen Sex haben wollen, die Enthaltsamkeit predigen.

»Nein«, sagte Henni, »sie will nicht enthaltsam leben. Sie hat Angst davor. Einfach Angst, verstehst du?!« Ich versuchte wirklich, ihn zu verstehen, aber ich verstand nichts. Ich dachte, wie sich jeder immerzu bemüht zu erraten, was die anderen empfinden. Und wie sich jeder quält, um die Wahrheit herauszukriegen. Wie Taucher im Öl.

»Einfach ins Meer stürzen!«, brülle ich und lege auf. Jetzt ist es still.

Ich mache meinen Zubettgeh-Rundgang. Decke die Kinder zu. Meine Frau schläft auch. Das Kamel ist beschädigt. Ein Ohr fehlt. Die obersten Rhabarberstücke sind angetrocknet. Ich streiche über den Kuchen. Ich rieche an meinen Händen. Rhabarber, denke ich.

Das richtige Leben

»Im Garten ist eine Amsel«, sagt meine Frau, und sie wirkt angewidert oder labil oder beides zusammen. Auf alle Fälle schwankt sie. Im Fallen schiebe ich ihr einen Stuhl unter. Wir haben das früher mal zusammen geübt, als wir noch nicht wussten, was aus uns wird. Aber fürs Fernsehen hat's dann doch nicht gereicht.

»Wir haben doch häufig Amseln im Garten«, sage ich. »Ich meine, wir haben sogar ausschließlich Amseln im Garten.« »Ja«, haucht meine Frau, »aber diese Amsel ist tot.« Meine Frau wirkt, als hätte sie gerade den Ärmelkanal durchschwommen. Die Lippen beben. Ihre Stimme kommt ganz leise aus ihrem blassen Mund. Das bleiche Gesicht ist so expressiv vor dem dunklen Hintergrund ihrer Haare. Ich fühle mich angeregt und tänzle ein wenig mit abwechselnd in die Luft gestreckten Armen um den Stuhl herum. Als Kind galt ich als hyperaktiv. Ich hatte Konzentrationsschwierigkeiten. Auch heute fühle ich mich manchmal, als fließe Kaffee statt Blut durch meinen Körper.

»Nun halt doch mal still«, sagt meine Frau. Sobald ich Fehlverhalten zeige und sie mich kritisieren kann, ist sie wieder voller Lebenskraft.

»Ja, tot – und?!« Ich zucke mit den Schultern.

»Ich kann das nicht«, sagt sie.

Wir sind doch erwachsen, denke ich, du bist Ornithologin, will ich sagen, so ein Mist, wir machen doch auch all die anderen Dinge. Ich höre auf zu tanzen. Den Kindern die blutigen Knie ablecken, den Matsch aufessen, den der Kleine auf seinem Teller übrig lässt, und auch so Dinge wie Geschlechtsverkehr. Sachen, die riechen. Sachen von einer fragwürdigen Konsistenz. Es geht im Leben ja nicht darum, nur zu tun, was ästhetisch wäre, irgendwie schön und intellektuell, weit weg von dieser Welt. Amseln fallen halt vom Himmel, denke ich, sonst könnten wir ja auch Drogen nehmen oder so. Aber das behalte ich für mich, den ganzen schönen Gedankengang, denn bei uns ist das so aufgeteilt: Alles Tierische (soweit es unwissenschaftlich ist) und alles, was stinkt, das ist mein Gebiet. Für die anderen Dinge ist meine Frau zuständig, zum Beispiel fürs Geldverdienen, für die korrekten Farben in den Blumenrabatten, und dass wir bei Partys den Leuten richtige Geschenke machen, nicht so'nen Dreck schenken wie ich, Comics vom Flohmarkt, bunte Keramik aus Drittweltländern – Zeug, was richtige Leute im richtigen Leben nicht brauchen. Ich bin der Träumer bei uns, sie ist die Praktische. Nur wenn etwas tot ist, krank oder sonst wie nicht richtig funktioniert, dann werde ich gefragt.

Also gehe ich raus in den Garten zum Apfelbaum, unter dem meine Frau Fallobst auflas, bis sie die Amsel sah. Die Amsel liegt da mit ausgebissenen Augen. Prächtige schillernde Fliegen stieben auf, als ich mich nähere. Ich nehme die Amsel hoch. Unter ihr ist das Gras braun, und die dummen Fliegen suchen irritiert das von mir entwendete Aas auf dem platten braunen Wiesenfleck. Der Vogel ist überraschend leicht, sein Gefieder ganz weich. Ich puste hinein. Das Gefieder bauscht sich auf. Ich fühle mit dem Zeigefinger unter einen Flügel. Ganz puschelig ist der Bauch. Einige weiße Maden fallen zuckend ins Gras. Sie bewegen sich eckig und überhaupt nicht vogeladäquat. Ich könnte sie zertreten, denke ich, aber eine Tote reicht. Ich lege die Amsel auf die Plastikkehrschaufel und trage sie zum hinteren Teil des Gartens, da, wo der Bach fließt, und dann kommt der Damm mit den Gleisen der Fernbahn. Ich puste noch einmal ins Gefieder. Ein Zug rauscht durchs Bild. Ich halte die Kehrschaufel mit der Amsel in seinen Fahrtwind. Wieder bauschen sich die Federn. Keine Frage, es bereitet mir Befriedigung, dieses Aufbauschen. Schließlich hole ich aus, wie ein Riefenstahldiskuswerfer so weit, und reiße dann abrupt meinen Arm katapultartig nach vorne. Die Amsel, Köpfchen voraus, beschreibt eine ordentliche Flugbahn, wird aber durch einen Ahornzweig am Überfliegen des Bahndamms gehindert und verschwindet mit dem entsprechenden Geräusch im Laub.

Zurück im Haus reden wir nicht mehr über den Vorfall. Schon gar nicht vor den Kindern. Sie wollen dann nur alles nachahmen.

Nach dem Mittagessen belausche ich eine Unterhaltung meiner beiden Töchter im Bad. Die Ältere putzt auf das Kaka-Kommando der Jüngeren deren Hintern ab. Als die Ältere das Toilettenpapier in die Schüssel wirft, bezweifelt sie empört die Aussage der Jüngeren.

»Du hast ja gar kein Kaka gemacht!«

»Hab ich doch!«

»Nein, hier ist nichts im Wasser.«

»Aber Kaka schwimmt doch nicht, oder?«, antwortet die Jüngere. Ich überlege kurz. Erinnere Fernsehbilder von überquellenden Kanalsystemen, Hochwasserkatastrophen, die die Fäkalien an die Oberfläche treiben, aber ob Scheiße schwimmt – es käme auf einen Versuch an. Und ich denke an die Nachlässigkeit meiner Töchter im Umgang mit der Klobürste, die gleiche Nachlässigkeit beim Bedienen der Spülung wie auch bei der Dosierung des Toilettenpapiers. Ich sehe mich die allabendlichen weißen Unterhosen mit den braunen Streifen meiner Kinder die Treppe herunter-tragen. All diese ekligen Dinge sehe ich, die meine Frau genauso erledigen kann wie ich. Problemlos. Und ich denke an die Amsel, und dass meine Frau das nicht kann. Genauso wenig kann wie Spinnen, Schuster, Kellerasseln und Frösche. Dann sitzt sie mit angewinkelten Beinen im Bett und ruft mich. Schnecken kann sie komischerweise.

Am Abend im Bett lese ich meiner Frau aus dem Buch vor, in dem der ungeliebte jüdische Junge von dem halb er-starrten orientalischen Gemüsemann adoptiert wird. Das Buch besteht aus einer Aneinanderreihung verschiedener Traurigkeiten. Wir versuchen unsere Tränen zurückzuhal-ten. Schließlich reist die frischgebackene Zweikopffamilie mit dem Auto in die Heimat des Gemüsemanns. Der Gemüsemann kann aber gar nicht Auto fahren, prallt ge-gen ein Haus und ist tot. Meine Frau und ich müssen wieder weinen und reichen uns das Buch hin und her. Wer gerade nicht schluchzt, muss weiterlesen. Das Buch ist unsäglich traurig, finden wir. Es hört dann zwar auf, nicht so schlimm, wie wir finden, aber dennoch.

»Henni liest nie solche Bücher«, sage ich, »er liest überhaupt keine Bücher. Weil alle immer so traurig sind. Henni guckt immer nur Haudrauffilme im Kino. Er liebt Spezialeffekte, und er hasst Gefühle«, sage ich. »Ich glaube, er hat nur Angst davor zu weinen.«

»Nur wir weinen, wenn wir uns Bücher vorlesen«, sagt meine Frau.

»Mhhh«, mache ich. Und dann beginnt eine Stille, weil wir schon müde sind vom Tag mit den Kindern, und wegen der Traurigkeit in den Büchern, und weil es Nacht geworden ist.

»Es ist doch nur ein Märchen«, sagen wir wie aus einem Mund in die Stille hinein. Und kurz darauf, noch einmal synchron: »Gute Nacht.« Und dann schlafen wir.

Älter werden

Dieses Gehetzte. Dieser Kellnerschritt. Wie von Bestellung zu Bestellung. Ob ich das immer schon hatte. Die verrinnende Zeit. Nichts von Wert, das bleibt. Ich denke daran, wie sie drüben das Haus geräumt haben, nachdem der Mann mit dem Hund gestorben war. Ein Leben wurde gefleddert. Körbeweise Küchengeräte, nichts von Wert, Gardinen mit Stockflecken. Durchgesessene Möbel. Nichts kann bleiben. Alles muss raus. Das Leben ist dunkles Grab, singe ich. Brahms wusste es. Alle wissen es. Nur ich bleibe unruhig. Werde immer zappeliger.

»Du bist ja gut drauf«, freut sich meine Frau, als sie in die Küche kommt, wo ich nervös hin- und hertreibe. Zwischen Brotkasten und Nutellaglas. Schulbrote schmiere. Pfeife.
»Du verstehst gar nichts«, sage ich.
»Ja, ja«, sagt sie, »und das verstehe ich auch nicht.« Sie dreht mich um und tippt mir auf die Brust. WEITER-MACHEN steht vorne auf meinem Schlaf-T-Shirt. »Du hast immer noch dein Schlafzeug an«, tippt sie mich an. »Geh dich mal anziehen. Der Tag hat begonnen.« Ich mag dieses Auf-den-Brustkorb-getippt-Werden nicht. Es tut weh. Aber schon ist meine Frau verschwunden. Mit

den Kindern. Haben mich einfach stehen gelassen. Angetippt und stehen gelassen. Allein im Flur. Alt und verlassen.

Wie finde ich das. Ich denke, dass mich eine Lücke von allen Menschen trennt, sogar von meiner Frau. Und diese Lücke hat damit zu tun, dass die anderen ihr Sein mit größerer Begeisterung erleben als ich. Meine Frau – eine andere. Und je länger ich dieser Nanolücke nachspüre, desto deutlicher merke ich, dass ich immer schon in einer Vagheit, in einer inneren Unbestimmtheit gelebt habe. Mein Fundament ist die Gleichgültigkeit. Soll doch kommen, was will. Ich erinnere mich, dass mich eine frühere Freundin im Streit einen Egalisten nannte.

Wie kommt man zu einer Meinung? Braucht man einen starken Reiz? Ein starkes Thema? Pro oder contra Todesstrafe. Etwas, das einen selbst berührt in seiner reinen Existenz? Stärker als Verlassenwerden. Stärker als Einsamkeit. Stärker als Alleinzurückgelassenwerden im Hausflur? Oder kann man sich entschließen, an etwas zu glauben? Kann man erlernen, etwas zu meinen? Oder sind Meinungen etwas, was einem zustößt? Der Blitz aus dem Himmel. Meistens allerdings hat sich vor dem Blitz eine Wetterfront aufgebaut. Es gibt so wenig, was feststeht in unserer Zeit. Das ist das Undogmatisch-Demokratische an ihr. Es macht die Wasserhaftigkeit des Menschen deutlich. Dieses Blasse, Durchscheinende. Ich streiche mit der Hand über meinen vom Antippen lädierten Brustkorb.
Dann öffne ich die Tür und brülle: »Das finde ich scheiße!« Längst ist keiner mehr in Rufweite. Ich schließe die Tür.

Am schönsten ist es, den eigenen Gedankengängen zu folgen, denke ich. Andere nennen das Träumen. Im Geiste nur sich selbst zuzuhören und nur die dümmsten Gedanken zu korrigieren. Das Telefon klingelt. Der Werbeanruf eines Stromanbieters. Ich will mich nicht mit Alltäglichkeiten beschäftigen, denke ich. Ein Leben ohne Alltag. Wo ich mich treiben lassen kann wie ein Tumbleweed über sonnige kalifornische Straßen. Keine Kinder, die mein Leben zerstäuben, sodass ein strukturloses Etwas übrig bleibt. In dem es kein warmes Essen gibt, weil die Kleinen sich ständig in die Hosen pinkeln. In dem ich nicht zum Einkaufen komme, weil die Kinder ständig die Treppen herunterfallen. In dem nicht an Schlaf zu denken ist, weil sich beim Basteln alle ständig in die Gliedmaßen schneiden. Und in dem es kein Pflaster gibt, weil ich nicht einkaufen konnte, weil ich ständig mit dem Verrücktsein kämpfe, und alles ist vollgeblutet. Na ja, meist ist es nicht so schlimm.

Ruhig atmen! Und rauskommen aus dem Irrsinn, sage ich mir. Oder pfeifen oder singen. Froh zu sein bedarf es wenig, summe ich. Ich sollte erst mal den Flur fegen. Auf dem Weg zur Besenkammer komme ich an meinem Zimmer vorbei. Ich gehe hinein und sehe meinen Text, zu dem mich ein Freund ermutigte, ein Ratgeber, sagte er, etwas mit Kindern, auf dem Tisch liegen.

Gezielte Verwahrlosung. Ein Erziehungsratgeber lese ich. ›Unterstützen Sie alles, was Ihre Kinder gezielt verwahrlosen lässt. Das hält Ihnen den Rücken frei und stärkt den Nachwuchs dabei, sich in unserer stetig wandelnden Welt zurechtzufinden.‹ So ein Quatsch, denke ich. Ich hole den Besen.

Am Nachmittag gehe ich zu Frau Hansen hinüber, der alten Dame, die den Kindern immer etwas zusteckt, wenn wir sie auf der Straße treffen. Sie ist krank und liegt im Bett. Ganz Rahlstedt ist am Sterben. Völlig überaltert. Ich will Frau Hansen fragen, ob ich etwas für sie tun kann. Einkaufen oder den Rasen mähen. Wenn sie gesund ist, passt sie auf die Kinder auf. Sie hat unseren Hausschlüssel. Ich habe ihren. Die Kinder sagen, sie wollen mitkommen.

Frau Hansen schläft. Wir wecken sie. Sie fragt, wo sie ist. Wer ich bin. Es gibt nur laut und leise in ihrer Stimme. Sie fällt vor Gebrüll fast aus dem Bett. Ich drücke sie zurück. Unter mir wispert sie: »Ich hab zu lange gewartet.«
»Worauf?«, frage ich.
»Lassen Sie sich einfrieren. Niemand will sterben. Mit Hunden hat das schon geklappt!«
»Hunde einfrieren?«
»Und wieder auftauen. Und die laufen 1 a. Wie früher. In der *Bild* steht so was.«
»Frau Hansen, das ist Science-Fiction. Das gibt's nicht in Wirklichkeit.«
Frau Hansen streckt sich und blickt Richtung Fenster.
»Uns ist langweilig«, quengeln die Kinder.
»Ich bin zu alt«, legt Frau Hansen wieder los. »Mein Körper ist hin. Ich hätte es tun sollen, als noch alles lief. Aber Sie, Sie könnten es tun. Nächstes Mal, wenn wir uns sehen, sind Sie eingefroren, ja?!« Sie grimassiert. Schwierig, den Gesichtsausdruck zu deuten in ihren gebisslosen Falten.
»Frau Hansen, wir müssen wieder rüber.«
»Schon recht, schon recht. Aber nächstes Mal, nicht? Nächstes Mal!«

Beim Abendbrotzubereiten schalte ich das Küchenradio ein. Gleichzeitig mit dem Moderator beginnen die Kinder mir etwas von ihrem Tag zu erzählen. Ich schalte das Radio aus. Die Kleinen quasseln weiter. Dann gibt's Abendbrot. Äpfel und Birnen vom Biohof. Wir haben Herbst, und das ist das Obst der Saison. Wenn man kein Bioobst isst, schrumpft einem das Hirn, sagt meine Frau.

Nachts liege ich im Bett. Ich denke an Frau Hansen. An den unangenehmen Geruch in ihrem Haus. Aber das ist nicht meine Sorge. Ihr Siechtum gehört ihr. Meins ist noch weit weg. Auch die Angst davor. Aber die Angst. Ja, Angst. Was kann man tun, denke ich. Ich weiß, dass die Angst auch durch Arbeit nicht zu bannen ist. Zum Beispiel die Aushilfsarbeit im Eisladen. Eisbecher Spezial. Banana Split. Spaghettieis. Schöne Dinge. Gewiss. Aber die Angst bleibt. Die Angst vor einem misslungenen Leben. Ich bin einfach nur Hausmann, denke ich. Hausmann mit drei Kindern. Ob das ein misslungenes Leben ist? Besser oder schlechter als Versicherungsvertreter? Oder Taxifahrer? Leben halt. Mit dem ganzen Sack voll Angst, den man so mitbekommt. Angst vor dem Tod und der Präsentation der Rechnung. Was denn sonst. Und wo stell ich ihn heute ab, den Sack, denke ich. Ich würde jetzt gerne meine Frau wecken und sie fragen, wovon ich träumen soll.

Wie man die Liebe wiederfindet

Diese langsam verblassende Welt, denke ich, während ich den Kinderwagen schiebe. Ich dirigiere die Kinder durch die Fußgängerzone, weg von den 50-Cent-Gefährten, 3 Fahrten 1 Euro, Papa, Papa, gib mir das Geld, weg von den Schaufenstern, hinein ins undefinierte Grau der Passage.

»Dieses Zurückziehen des Lebens«, murmele ich, »Ebbe und Flut. Aber ohne dass noch einmal eine Flut kommt, hierher, an meine Hand.« Ich strecke die Hand aus. Quer in die Luft. Dönergeruch, der zart über meine Härchen streicht. Ich fächere die Finger. Spiele mit ihnen einen Tutti-Lauf. Irgendetwas von Schubert. Meine Älteste greift nach ihnen, versucht sie mir zu brechen. Ich stöhne.

»So schlimm ist es doch wohl nicht«, antwortet ein bekanntes Gesicht. »Bei so reizenden Geschöpfen.« Immer gesellt sich einem jemand an die Seite. Kinder sind selten in Deutschland. Drei Kinder haben Sensationscharakter. »Mach dir bitte die Hand sauber, bevor du sie mir gibst«, sage ich. Und meine Tochter reibt ihre Hände aneinander, um sie vom Sand zu befreien. Wo kommt dieser Sand her.

Man könnte denken, es sei Sommer, dabei haben wir erst April. Haut an Haut, ein breiter Strand. Ein wahnsinnig breiter Sandstrand. Man kann das Meer kaum noch sehen. Wüste. »Und das alles mit trockener Kehle«, fahre ich fort. »So schlimm kann es doch wohl nicht sein«, meint meine Begleitung. Es ist Herr Sanddorn. Und dann wie ein untherapierbarer Tick monoton in den Zigarettenentflammungsakt hineinrepetiert: »Reizende Kinder! Wollen Sie auch eine?« Ich lehne dankend ab.

Von links vorne, 37,6 Grad, mit türkischem Akzent ein zweiter Sprecher: »Kann ich Ihnen helfen?«
Mir ist nicht mehr zu helfen, möchte ich sagen, immer den Wagen vor mir her, schub, schubi, schubidu, und die beiden Mädchen an meinen Extremitäten. So geht es durch Raum und Zeit. Die Zivilisation ist Lichtjahre entfernt. Ich befinde mich fernab meines Heimatplaneten. Mein Herz so schwer.

»Tatsächlich ist das Herz das Zentrum des Lebens, meinte meine Frau, als wir uns kennenlernten«, sage ich. »Wann wir uns kennenlernten? In Afrika. In der Undurchdringlichkeit der Vergangenheit. Wo wir uns kennenlernten. Ach, ach, wir waren so jung. So wenig Teer in unseren Lungen.« Ich klopfe mir auf den Brustkorb und huste.
»Der Trick besteht darin, sich nicht zu ärgern«, nimmt mich der Gemüsehändler in den Arm. »Ihr Deutschen nehmt alles so ernst.« Lächelnd drängt er mich in seine Höhle. Sein Lächeln gilt meiner Begleitung – sie sind Kollegen –, die rauchend vor den Auslagen steht. Wir verschwinden im Reich der Feldfrüchte.

»Sorgen Sie für die Kinder«, rufe ich Sanddorn in die Fußgängerzone hinaus zu. Völlig losgelöst greife ich ein Drahtkörbchen. Bepacke es mit Brokkoli, mit Spinat, mit Karotten, und ich ärgere mich. Ich verzweifle am Kinderreichtum. An den Gemüsepreisen. An den Ratschlägen der Händler.

Ich drohe den Herumstehenden, alles fahren zu lassen. Schwenke das Körbchen und schreie kraftvoll meine Verärgerung heraus. Kraft, die am Ende fehlen wird, um den Strick zu knüpfen. Den Galgen aufzustellen.

Vor einigen Jahren verglich mich Henni mit einem Atomkraftwerk. Ich war gerührt. Jetzt bereite ich ausschließlich die Brennstäbe von anderen auf.

Ich zahle mein Gemüse und bin wieder in der Passage. Dreistimmige Hallorufe, entrücktes Anmirhochspringen und dazu der reizende Herr Sanddorn, seines Zeichens Rahlstedter Getränkehändler.

»Wissen Sie, dass ich keine drei Worte Türkisch spreche?«, beginne ich. Ich pflücke mir die Kinder von der Kleidung und stelle sie auf den Boden. »›Merhaba‹ geht. ›Merhaba Döner‹ geht auch. Macht das Sinn?«

»Aber Sie lieben doch Ihre Kinder?«, stoppt Herr Sanddorn meinen Gedankengang. Ich hasse ihn dafür. In Gedanken ritze ich mit meinem Degen ein Z in seinen Pullunder.

»Lieben Sie sie oder nicht«, insistiert er, »man könnte meinen ...« Er stößt Rauch aus. Um uns lärmen die Kinder.

»Ja«, murmele ich, »wie sehr ich sie liebe.« Z und ich gehen ein Stück. Z ist das Allerletzte. Die Kinder schlagen Räder, sie singen Reime. Es klingt, als wollten sie die Fußgängerpassage brandschatzen. Böse Menschen kennen keine Lieder, denke ich.

»Ach, wäre nur schon Herbst«, seufze ich. »Wie ich den Herbst liebe, wenn die Blätter tot von den Ästen fallen. Im Herbst baut die Bahn eine zweite Trasse Richtung Osten und klaut uns den halben Garten. Bald sieht das Haus wieder so schäbig aus, so verwohnt, wie wir es gekauft haben. Alles vergeht.«

Z setzt an, die dritte Strophe seines Kinderlobs zu singen. Ich komme ihm zuvor.
»Ich muss den Kindern die Buntstifte abnehmen«, sage ich. »Und es gibt keine Negerküsse mehr. Schon wegen der Wände. Bald bin ich alt, dann bin ich tot. Weil es das Beste ist. Das Erreichbarste für den Menschen.« Ich überlege, in welchem Teil des Gartens ich den Galgen aufstelle. Oder soll ich mich auf die Schienen legen? Z sieht immer noch so aus, als wolle er etwas sagen.

»Nie geboren zu sein, das bleibt unerreichbar«, brülle ich Z an. »Wir sind verwundete Vögel«, schreie ich. »Wir hüpfen nur noch auf dem Boden!« Ich mache es Z vor. Es ist ein Baudelairezitat in der Übersetzung von Walter Benjamin. Es ist irgendein Fragment aus einer Kultursendung. Die Kinder hüpfen von einem Bein aufs andere. Sie flattern mit den Armen. Wir alle vier im Kreis herum. Wir sind eine Taubenimitatorenfamilie. Passanten bleiben stehen. »Legen Sie eine Mütze aus. Eine Schachtel. Einen Kindersarg«, sage ich. Z sagt, dass er losmuss. Wir hüpfen hinter ihm her. Als er in der Bahnhofsunterführung verschwunden ist, gurren wir noch eine Weile den durchfahrenden Züge hinterher. Wir haben Herrn Herms, dem Rahlstedter Obdachlosen, Konkurrenz gemacht. Er steht alkoholumwölkt einige Meter neben uns. Dann kommt er auf uns zu und hält mir seine Blechdose hin. Ich werfe einige Münzen hinein.

Irgendwann ist auch dieser Tag vorbei. Nichts ist für immer. Ich setze mich neben meine Frau aufs Sofa und beginne ansatzlos über Kafka und die Möglichkeiten zu referieren. Zweites Studienjahr. Auswendig gelernt. Meine Frau muss sich das jedes Mal anhören.

Dass sich Kafka am liebsten niemals entschieden hätte und dass ihm das in seinem Leben ganz gut gelungen ist. Verloben, entloben. Und kinderlos. Auch die Studienausgaben von Kafkas Büchern sehen so aus. Szenen mit Sternchen versehen. Und im Anhang stehen unter den Sternchen seitenlang Variationen dieser Szenen. Schon Kafkas Freundeskreis soll sich gekringelt haben vor Lachen, wenn Kafka vorlas und sich nicht auf eine Version festlegen wollte. Eine Version besser als die andere. »Humor«, sage ich. »Als Alternativprogramm könnte ich ein Referat über den Glücksbegriff in Thomas Bernhards Romanen anbieten.«

Meine Frau erhebt sich. »Ich sehe Niedertracht. Ich sehe den Versuch, etwas zu erreichen, ohne es zu benennen«, sagt sie. »Ich sehe Raffgier. Machtausübung. Schmeichelei. Dinge, die zum Geschlechtsakt führen können. Aber ohne mich. Gute Nacht!« Sie verschwindet nach oben.

»Ich mache einfach nur Konversation«, rufe ich in ihren Rücken. »Ich bin einfach nur nett.« Ich warte, bis ich meine Frau nicht mehr auf der Treppe sehe. Dann stehe ich auf und folge ihr.

»Das Klo ist immer noch nicht geputzt. Schon über ein halbes Jahr nicht mehr. Es stinkt«, behauptet meine Frau im Bett. »Du liebst mich überhaupt nicht mehr!«, schiebt sie hinterher, um der Behauptung Gewicht zu verleihen.

Ein Wort quält sich durch mein vertrocknetes Gehirn. Liebe. Ich habe es so lange nicht gedacht, dass es schwierig ist, mich daran zu erinnern. Ich buchstabiere es lautlos. Ich verschiebe die Buchstaben. Ich überlege, wo das chemische Durcheinander im Hirn hin ist. Diese Wochen des Anfangs. Dieses Anfallartige. Dieses Feuerwerk des Einanderbegegnens. Mit Kloputzen hatte es irgendwie nichts zu tun, damals. Ich beginne einzuschlafen. Nach einer Weile, nur noch 37 Zentimeter bis zum Schlaf, die Stimme meiner Frau: »Liebst du mich oder liebst du mich nicht? Überleg dir's bis morgen«, sagt sie. »Gute Nacht!« Sofort bin ich wieder hellwach. Oder habe ich geträumt? Um mich die Nacht. Kalt und unendlich wie das All. Kein Kind, das schreit. Nur den uhrwerksartig gehenden Atem meiner Frau höre ich.

Am nächsten Morgen, es ist Samstag, hüpfe ich beschwingt durchs Haus. Ich bin mit dem rechten Bein zuerst aufgestanden. Kommt, lasst uns zum Hypermarkt gehen, schnappe ich mir die Kinder. »Ich nehme die Kinder mit!«, tiriliere ich zum Schlafzimmer hinauf. Streiche mir selbstverliebt über den Kopf. Meine Frau pflegt am Wochenende gerne etwas länger zu schlafen. Sie schläft überhaupt viel. Eine Studentenmarotte. Ich lasse es zu. Ich liebe Marotten. Ich bin ein guter Mensch. Und schon sind wir draußen. Die Kinder angefüllt mit Vorstellungen vom Erwerb unzähliger Süßigkeiten. Ich angetan von der Idee, mir irgendeinen Ratgeber oder ein Werkzeug zu kaufen.

Die Liebe ist ein seltsames Ding, so tänzeln wir durch den Hypermarkt. Über uns Schlagergedudel. Um uns Regalreihen. Wir sind Spielbälle des Konsums. Im Wagen der obligatorische Haufen von Süßigkeiten und chinesischem Plastikspielzeug. Artikel, die im Hypermarkt an jeder Kreuzung zu Pyramiden gestapelt sind.

Unser Weg führt uns durch das Areal ›Haushaltswaren‹. Ich gehe langsamer und lasse mich treiben. ›Sanitärbedarf‹. Irgendetwas habe ich in der Nacht geträumt, überlege ich. Die Kinder kauen an ihren Schokoladentafeln. Ich halte bei den Putzlappen. Auf einer Verpackung ist eine glückselige Frau vor einer Toilette abgebildet. Ihr halber Arm ist in der wolkenweißen Kloschüssel verschwunden. Undeutlich schimmern bunte Lappen durch die Folie. Aus den Hypermarktlautsprechern tönt Gesang von schwarzbraunen Haselnüssen. Etwas regt sich in meinem Hirn. Kurz schiebe ich es auf die Chemikaliendämpfe in der Sanitärabteilung, dann gebe ich nach. Ich greife mir eine Lappenpackung, steche meinen Finger durch das Plastik und spüre das gerippte Gewebe. Ich sauge ihn tief in die Lungen, den fabrikneuen Kunststoffgeruch. Lappen sind auch eine Art Werkzeug, denke ich. Die Textur strahlt unter der

Neonröhrenbeleuchtung. Goldgelb wie ein Sonnenaufgang. Beim Kloputzen werde ich mir das Wort ›Liebe‹ vorbuchstabieren, bis es mir geschmeidig über die Lippen geht. Ich werde die Spülung ziehen. Tausendmal. Ich werde etwas wie Ebbe und Flut in meiner Hand halten. Ein kleines Reservoir Unendlichkeit. Und dann werde ich meine Frau wecken. »Das Klo«, werde ich sagen. »Sieh dir das Klo an!« Sie wird mir folgen, und honigkuchenpferdlächelnd werden wir gemeinsam ellbogentief mit den gelben Lappen in die Tiefe der Toilette tauchen.

Und immer wieder die Rossbreiten vor der Überquerung des Äquators

Ich gehe weg von zu Hause. Das ist mein unumstößlicher Entschluss. Ich ziehe die Tür ins Schloss und schließe ab. Das tue ich immer, auch wenn ich nur kurz hinausgehe und die Kinder im Haus auf mich warten sollen und ich verhindern will, dass sie die Tür öffnen, sollte ein Messerschleifer klingeln, ein Drücker oder ein amoklaufender Fahnenflüchtiger. Aber diesmal gehe ich für immer. Ich schließe ab, damit sie mir nicht folgen können. Ich habe alle Zweitschlüssel in meiner Tasche.

Nachts haben wir wieder gestritten, meine Frau und ich. Uns angebrüllt. Alles wird uns zu viel: Essen kochen, Müll rausbringen, die vielen Kinder. Meine Frau hat sich heulend aufs Sofa geschmissen. Ich sollte die Nacht nutzen, um wegzugehen und zu feiern, solange zu Hause geschlafen wird, dachte ich. Da wäre etwas Zeit für mich. Etwas Spaß. So wie früher. Fight the night. Aber in der letzten Nacht hätte ich kämpfen können wie die Götter des Olymps. Es hätte nichts gebracht. Denn der Kleine hat überhaupt nicht geschlafen. Er hat nicht nur nicht geschlafen, er hat die ganze Nacht geschrien. Er schrie, und meine Frau verzog sich aufs Sofa, das sie mit ihren Tränen tränkte.

Jetzt sind sie eingeschlafen. Der Kleine und meine Frau. Dafür sind die beiden Mädchen aufgewacht. Es ist ja auch Zeit. Ein neuer Tag kommt hinter dem Dach hervor. Morgenröte, wie ich sie so noch nicht gesehen habe. Um diese Zeit stand ich auch noch nie vor der Haustür. Zumindest nicht zum Weggehen. Die Mädchen rufen nach uns. Papa! Mama! Ich fühle mich müde, ausgeweidet, blutleer, schmerzfrei, vegetativ. Ich habe so viele Worte für meine Erschöpfung wie die Eskimos für Schnee. Jeder weiß, dass der Vergleich mit den Schneesynonymen der Eskimos nicht stimmt. Die Eskimos sagen einfach Schnee, Eisregen, Hagel oder Graupel. So wie wir hier im Hamburger Speckgürtel. Und eigentlich heißen die Eskimos Inuit. Aber es macht sich einfach gut, so ein Auftakt. Er gibt meiner Müdigkeit ein stärkeres Gewicht. Wo bin ich? Genau, im Begriff, ›wegzugehen‹. Und die Mädchen rufen: Papa! Milch! Wundervoll. All das lasse ich hinter mir.

Als ich das erste Mal für immer von zu Hause wegging, war ich acht. Ich verließ meine Mutter. Damals führte ich ein Köfferchen mit mir. Es lagen eine Spielzeugpistole, der Tim-und-Struppi-Band *Reiseziel Mond* und mein grasgrünes Lieblings-T-Shirt darin. Meine Mutter hatte irgendetwas nicht getan, was ich mir gewünscht hatte. Oder sie hatte irgendetwas getan, was mir nicht gefiel. Oder sie hatte mal wieder gesagt, dass sie mich am liebsten an die Wand klatschen würde.

Ich bin noch nicht beim Gartentor – hinter mir brüllen sie Ka-Ka-O, es wird das letzte Wort sein, das ich von ihnen höre –, da denke ich schon ans Umkehren. Ich hatte eigentlich sofort dieses Umkehrgefühl, noch während ich den Bart des Schlüssels über die Kuppe des Mittelfingers führte, wie ich es immer tue, bevor ich abschließe. Denn so verhalten wir uns nicht. So gehen wir nicht miteinander um, meine Frau und ich. Diese Art ist erst mit dem Kauf des Hauses, mit der finanziellen Belastung, mit der Geburt des dritten Kindes aufgekommen. Hatte es früher Unstimmigkeiten gegeben, dann saßen wir sie aus, bis sich die Situation als unbedeutendes Mosaiksteinchen in unserer Vergangenheit eingepasst hatte. Irgendwo am Rand, beigefarben. Geschlechtslos wie Rentner. Wir fanden, das war eine unserer Stärken, dieses Asexuelle, Tote. Emotionen nicht zu hoch zu hängen und Probleme pragmatisch zu lösen. Eine Meinungsdifferenz in etwas Sinnvolles umzudefinieren. Zum Beispiel statt eines Streits ein Zimmer neu zu streichen. Mit einer schönen Farbe. Apricot zum Beispiel. Und sollte das nicht reichen, den Flur dazu. Und sollte es immer noch nicht genug sein, dann gestalteten wir eine Grotte nach hellenistischem Vorbild. Oder wir fertigten Laubsägearbeiten für den Freundeskreis. Ein Singvögelmobile mit sechzehn gefiederten Freunden. Und dazu sangen wir *Die Vogelhochzeit*. Wir haben viele Freunde.

Landsberg, einer von ihnen, macht sich immer über uns lustig. Beinahe zornig wirft er uns vor, dass wir nicht streiten können. Es stimmt, dass ich den Ausgleich liebe, die Diplomatie. Dieses Französische, Ausländische und ein wenig Exotische. Aber nun ist die Zeit des Konsenses abgelaufen. Weil das Leben aus dem täglichen Abspulen fauler Kompromisse besteht. Nur noch aus der Organisation von Leben, aber nicht mehr aus Leben selbst.

Ich gehe einige entschlossene Schritte in Richtung Einkaufszentrum, Richtung Bahnhof, Richtung Freiheit. Ja, frei sein. Frei zu sein –. So marschiere ich, und der Wind spielt mit meinen Haaren. Zu Hause hat er das nie getan. Zu Hause fühlte ich mich leer, obwohl das Leben voll war. Alles war voll um mich herum. Man musste schon Angst haben, wie es sein würde, wenn die Kinder einmal nicht mehr bei uns leben würden. Unser Leben wäre nicht mehr wiederzuerkennen. Oft huscht dieser Gedanke durch mein Hirn. Wenn die Kinder aus dem Haus sind, könnte ich vielleicht wieder eine Verbindung zu meinem früheren Leben aufnehmen. Etwas bewegen. Etwas verändern. Dann erinnere ich mich. Wie ich als Punk in meiner Wohnung Windelpartys feierte. Wie ich das Spiel mit den Versatzstücken bürgerlicher Existenz genoss. Drei Pakete Windeln kaufte und die üblichen Paletten Dosenbier. Dann das Klo abschloss und den Schlüssel wegwarf. Alle Gäste mussten sich nackt ausziehen, die Windeln anlegen, und bald war der ganze Boden vollgepisst, weil die Windelkubikmenge ja nicht für Saufpunks ausgelegt war. Die Triefwindeln wurden in eine Ecke geworfen. Irgendwann stank die Wohnung wie ein Viehstall. Dazwischen wälzten sich trunkende Nackte. Aber ich bin mir nicht so sicher, ob meiner Frau das gefallen würde. Wenn die Kinder aus dem Haus sind, wird sie ja wahrscheinlich noch dort sein. Und meine Frau war, glaube ich, Popper?

Ich grüße Herrn Sanddorn, der seine Gartengeräte aus dem Schuppen räumt, um sich der Fugenpflege seines gepflasterten Grundstücks zu widmen.

»Na, und wo sind die Kleinen?«, fragt er.

»Die Kinder sind mir fremd«, antworte ich und gehe weiter. Weiter weg von zu Hause. Ich verstehe meine Kinder nicht. Ich bin zu müde, zu lustlos, um sie verstehen zu wollen. Es wird mir alles zu viel. Ich seufze. Ich denke an das Haus. Alles ist vollgepackt. Ich müsste mal aufräumen. Dinge bis unters Dach. Irgendwann von uns angeschafft. Hauptsächlich von mir. In der Illusion, dauerhafter Spiegel zu sein. Aber das ist vorbei. Meine Frau, sie ist mir fremd. Je länger wir zusammenleben, je mehr wir teilen, umso fremder wird sie mir. Aber auf eine vollkommen unspektakuläre Art und Weise, über die man nicht sprechen muss. Ich bin leer. Und außer Leere finden sich in mir nur zweifelhafte Dinge. Erinnerungen an mich selbst auf Reisen, bei Begegnungen, die ich, je länger sie vergangen sind, umso entschiedener anzweifele. Bin ich dort gewesen? Habe ich das erlebt oder habe ich nur davon gehört oder gelesen? Am verlässlichsten bin ich bei Emotionen, die tief in mir stecken. Unschöne, aber erprobte Eigenschaften. So springt in mir beispielsweise sofort, wenn jemand etwas besitzt, das ich nicht besitze, der Neidmechanismus an. So aggressiv, dass er mich taumeln macht, atemlos. Zudem bekomme ich dann eine Erektion, so hart, dass ich mich wundere. All dies geht schnell vorbei, und kurz darauf fühle ich mich ausgeglüht. Nur mein Herz schlägt dann noch etwas schneller als gewöhnlich. So, als hätte ich einen Endspurt hingelegt. Aber wie lange habe ich schon keinen Endspurt mehr hingelegt? Überhaupt einen Spurt. Und Laufen nur, als die Älteste lernte, Rad zu fahren, und ich neben ihr her trabte, falls sie fiele, in meine Arme, bestenfalls. Häufig auch daneben oder zur anderen Seite, sodass ich ihr den Arm ausrenkte, an dem ich sie festhielt im Fallen.

Ich bin am Ende unserer Straße angekommen. Habe den Leuten zugenickt. Das letzte Mal unsere Straße. Herr Herms torkelt mir entgegen. Zum letzten Mal gegrüßt. Das leer stehende Waldschlösschen von Frau Hansen, die jetzt im Altersheim liegt. Nimmermehr. Das letzte Mal unter den Ästen der Buche hindurch. Am vernachlässigten Waschbetonbottich mit den Sukkulenten vorbei. Eben haben sie die Straßenlaternen ausgeschaltet. Zum letzten Mal vom Einkaufszentrum herübergewehter Bäckereigeruch. Auf der anderen Straßenseite steht die Telefonzelle. Das letzte Mal die Telefonzelle passieren. Jetzt bin ich auf ihrer Höhe. Ich gehe hinein. Wo ist meine Telefonkarte? Ich durchsuche meine Taschen.

›Hallo Henni, ich gehe weg von zu Hause‹, werde ich sagen. Er wird sagen, dass ich umkehren soll. Meine Krise durchstehen und in den Schoß der Familie zurückkehren. Ausgerechnet er. Hat niemals eine Stunde null erlebt. Absolut daneben, dieser Henni. Und das soll ein Freund sein.

›Aber irgendetwas muss doch noch passieren‹, werde ich sagen. Im Leben, meine ich. Außerdem, wenn ich jetzt zurückgehe, dann ist denen noch nicht mal aufgefallen, dass ich weg war. Dann denken die, ich war nur kurz den Müll rausbringen und hatte irgendein Problem mit dem Deckel. Ah, hier ist endlich meine Karte. Ich schiebe sie in den Apparat. Sie ist abgelaufen. In der Flurkommode müsste eine neue liegen. Ich hole tief Luft. Zehn Mal sauge ich abgestandene Telefonzellenluft in meine Lungen. Stoße sie aus. Dann gehe ich zurück. Vielleicht sollte ich noch einen Liter Milch kaufen? ›Die Milch war aus‹, werde ich sagen. Plötzlich bin ich wieder normal. Alles geht wieder. Müde zwar und mit der Energie einer Amöbe, aber immerhin. Frau Meyer. Guten Tag. Ich grüße auch ihren Hund. Das Unkraut im Waldschlösschengarten. Schön grün. Und so weiter. Hat halt etwas länger gedauert, heute, die Sache mit dem Müll. Mit der Milch. Was auch immer.

»Der Papi ist wieder da! Kommt denn keiner in Papis Arme gelaufen?!«, rufe ich im Flur. Oben brüllen sie noch immer nach Kakao.

Meine Geliebte
hat mich verlassen

Meine Geliebte hat mich verlassen. Ist mir zwischen den Zeilen abhandengekommen. Hinfort ist die Zeit des glücklichen Treibens. Als alles der Liebe untergeordnet war. Der Gefühlsvulkan Geliebte. Er ist ausgeglüht. Sonst saß ich und sann, sehnte und schmachtete, bis der Abend kam – meine Frau. Entgeistert sieht sie mich an wie einen Manisch-Depressiven. Erst die Unordnung, den Schmutz im Haus, die verwahrlosten Kinder, dann mich, wie ich dämlich verliebt in die Dämmerung strahle. Leise untermalt vom Summen des Computers.

»Was hast du den ganzen Tag über gemacht?«, fragt sie. Selbst das Essen habe ich die Älteste beim Dönertürken holen lassen. Die Verpackungen auf dem Tisch sind nicht zu beschönigen.
»Ich, ich war verliebt«, stammele ich. Ich schiebe Papiere hierhin und dorthin und ahne, wie sich Tränen in den Drüsen meiner Frau sammeln. »Fuck«, fluche ich. »Ich habe meine Liebe verloren. Ich glaube, ich sollte Alkohol trinken, um zu vergessen. Nach dem Suff, nach einem Minimum an Schlaf, kann ich erneut die höchste Stufe der Luzidität erreichen. Immerhin vergleichbar mit der Liebe.

Ich werde eintauchen in ein Zwischenreich, wo Nacht und Tag, Vergiftung und Leere, Traum und Schrift, Grablegung und Auferstehung, Proton und Elektron sich überlagern und zum Moment des überwundenen Todes, zum herrlichsten Augenblick des Lebens gerinnen. Dort fließt alles ineinander. Das ist die Sonne!«

»Aber ich und die Kinder«, sagt meine Frau, »wir brauchen dich hier bei den Töpfen, nicht im Weltraum, Mann. Außerdem fällst du betrunken immer die Treppe runter und kotzt in die Ecken.« Meine Frau trinkt keinen Alkohol. Manchmal zum Essen ein Glas Wein. Ich versuche, es ihr noch einmal zu erklären. Diesmal ersetze ich das Wort ›Liebe‹ durch ›Inspiration‹. Die Wimperntusche meiner Frau verläuft.

»Dann bringe ich jetzt mal die Kinder ins Bett«, schlage ich vor und schalte den Computer aus.

Als ich im Flur am Telefon vorbeikomme, denke ich, ich sollte kurz mit einem Freund sprechen.

»Fuck, Henni! Ich muss mit dir reden. Etwas bei uns läuft nicht richtig.«

»Schlaft ihr denn nicht mehr miteinander?«, fragt er.

»Sei nicht so neugierig. Natürlich schlafen wir miteinander. Aber es ist wie ein *Tatort*. Selten großartig. Aber regelmäßig um 20 Uhr 15. Sobald man weiß, ist nichts mehr dran am Wissen«, sage ich.

»*Der Kleine Hausphilosoph*, Seite 34. Großartig war's doch aber früher auch nur selten. In der Disco zum Beispiel.«

»Stimmt, aber aufregend war's. Immer aufregend, ob man zum Schuss kam. Ob sich etwas entwickelte. Allerdings stand man die meiste Zeit betrunken im Winkel. Aber all das lässt sich von jetzt aus so wundervoll verklären. Die Adoleszenz.«

»Und wo ist jetzt dein Problem?«, fragt Henni.

»Das Problem ist, ob ich jetzt ernsthaft mit dem Trinken anfangen soll«, antworte ich.

Meine Frau schaut in den Flur. Ich lege auf. Und gehe, mich immer wieder nach ihr umwendend, die Treppe zu den Kindern hinauf. Ich überlege, wo ich überall Alkohol verstecken könnte. Die Flachmänner hinter der Holzverkleidung am Treppenaufgang. Und unter den Holzdielen. Es ist ein Spiel. Früher hat mich am Spielen das Verlieren wie das Gewinnen gleichermaßen gereizt. Das Verlieren möglicherweise sogar mehr. Weil das Gefühl des Verlusts länger bei einem bleibt. Ein Gewinn schwindet so schnell. Ein Glas ist auch schnell leer, denke ich. Euphorie der Verzweiflung nenne ich das, oder Kater, oder hölzernes Maul (französisch) oder Meeresbrandung (spanisch) oder Zimmermänner (norwegisch). Ich bin gerne polyglott.

Mit dem babylonischen Turm im Kopf pirsche ich zum Kinderzimmer. Ich äuge hinein. Die drei spielen friedlich. Ich liebe diese Kinder. Es sind meine. Sind sie nicht großartig? Schaut doch selbst. Aber dann kommt auch schon wieder die Depression. Ich bin ein Verlierer, denke ich. Weil ich zu sehr an den Dingen hänge oder an den Menschen oder an den Worten. Immer nur Vergangenheit. So ein Leben ist kein Leben, sondern Abschiednehmen. Ich lehne meine Stirn gegen die Wand und schließe die Augen. Später werde ich sagen können, ich habe meine Zeit damit verbracht, Abschied zu nehmen. Und mich erinnert. Und

Adressen in mein Notizbüchlein geschrieben. Wie Grabsteininschriften. Ich reiße mich zusammen und öffne die Augen. Atme tief durch. Überraschend tauche ich im Türrahmen auf und schreie: »Hopphopp ins Bett!« So mache ich das jeden Abend. Ich klatsche in die Hände wie beim Taubenaufscheuchen. Die Kinder fliehen. Ich greife mir den Kleinen. Seine Windel schleift über den Boden. Leichte Beute. Er protestiert unartikuliert. Die beiden Älteren schimpfen mich Diktator.

»Fuck, fuck, fuck«, schimpfe ich über die letzte Windel unter der Wickelplatte. Meine Frau stellt sich neben mich.

»Du bist wirklich ein Phänomen, Mann«, sagt sie. »Du bist der sich am vorhersehbarsten verhaltende Mensch, den ich kenne. Ich weiß immer, wie du reagierst oder wie deine Meinung zu etwas ist. Früher hast du stereotyp geflucht, wenn es um deine Mutter ging, heute schimpfst du über die Kinder und was damit zusammenhängt. Fällt dir überhaupt auf, dass du dauernd fluchst? Früher konnte ich sicher sein, dass du täglich über deine Schreibpläne reden wolltest. Immerhin das hat aufgehört.«

»Das Schreibphantasma war eine wunderbare Art, um Frauen kennenzulernen«, antworte ich. »Zu erzählen, ich denke mir Geschichten aus. Nachts mit dem Satz ›ich muss noch schreiben‹ eine Party zu verlassen. Und ab und an gab's ja sogar eine kurze Geschichte von mir. Meistens etwas Umformuliertes von Bukowski. Wie hab ich dich eigentlich rumgekriegt?«, frage ich. Meine Frau zieht die Augenbrauen hoch: »Das Schreiben war's jedenfalls nicht. Du bist einfach so herrlich eindimensional.« Ich bin fassungslos.

»Na scheiße! Das ist ja wunderbar!« Ich drücke ihr den Gewickelten in die Hand und verschwinde nach unten.

Ich rufe noch mal bei Henni an.
»Henni, du hast mich falsch verstanden vorhin.«
»Wollen wir mal einen trinken gehen zusammen? Du hörst dich echt schlecht an. Um die Ecke hat was Neues aufgemacht. ›Bei Kurt‹ oder so.«
»Einmal treffen und trinken bringt gar nichts«, sage ich.
»Man muss das ganze System ändern. Das mit den Kindern ...«
»Aber was war der Auslöser für deine Trinkwut? Deine Geliebte? Hast du die immer noch? Die von hinterm Busch. Du solltest Schluss machen!«
»Henni – ich hatte nie eine Geliebte. Alles ausgedacht. Ich denke, du kennst dich aus mit der Imagination von Dingen. Ich hätte mich anstatt in diese Rhododendronfrau zum Beispiel auch in eine alte Frau verlieben können. In Frau Hansen oder auch in Sanddorn. Es ist die Offenheit, die das ermöglicht. Deshalb finde ich auch dieses Theaterstück, in dem sich ein Architekt in ein Schaf verliebt, nicht abwegig. Je größer die Offenheit, umso mehr ist möglich.«
»So offen, wie du mit deiner Geliebten umgehst, könntest du dich auch umbringen. Das ist doch Selbstmord auf Raten.«
»Henni. Es hat nie eine Geliebte gegeben. Gute Nacht!«

Ich gehe in die Küche. Nach Schmutzigkeitsgrad sortiert stehen Töpfe auf der Arbeitsplatte. Meine Frau lässt Wasser ins Becken.

»Du fängst alles an und machst nichts zu Ende«, sagt sie. Sie gestikuliert, die Hände in rosafarbenen Gummihandschuhen. Wenn sie aneinanderkommen, quietscht es. Ich kann nichts dafür, dass ich ein Mann bin, denke ich. Ich bin vergeistigt. Ich bin zerstreut. Und ich habe eine schlechte Nase. Ich kann den ganzen Dreck nicht riechen, der bei uns in den Ecken liegt. Aber ich bin auch bemüht. Den Satz mag ich. Der steht auf dem Grabstein von Willy Brandt. Auch ein Mann.

»Lass es uns noch einmal zusammen versuchen«, sage ich. Meine Frau beruhigt sich. Sie nickt und nimmt mich in die Arme. Es ist immer wieder erstaunlich, dass es weitergeht.

»Wir haben ja nichts außer dem Leben«, sagt meine Frau. Meine Güte, ist das arm. Aber sie hat recht. Ich spüre das nasse Gummi auf meinem Rücken. Die Tropfen laufen herunter und sickern mir in die Unterhose.

Künstliches Aroma

Nein, niemand kann mit. Ich setze mich aufs Rad. Ich habe etwas zu besorgen. Ich schüttle die nach mir greifenden Kinderhände ab. Natürlich nur kurz. Es dauert nie lang. Weil es nicht lang dauern darf mit den Kindern. Schnell, schnell. Kurzatmig aufs Fahrrad. Und weg bin ich. Die Kürze ist der Liebe Tod, denke ich. Oder gleich des Lebens Ende. Herzinfarkt. Tatsächlich sind mir die Lungen seit der Vaterschaft auf ein Sechstel ihres Volumens zusammengefallen. Zwar atme ich noch, aber es ist nur mehr ein Hecheln. Einem Kleinnager gleich. Weil drei nachtaktive Gnome auf meiner Seele sitzen. Mit ihrem Wollen. Ihrem Begehren. Mich mit koboldmakidürren Fingerchen niederdrücken. Grauenvoll. Was mit meinem Herz ist, will ich gar nicht wissen.

Was wollte ich doch besorgen, überlege ich, während ich noch die Beklemmung abzuschütteln versuche. Mein innerlich leerer Blick wendet sich nach außen, wo mir ein Kondomautomat auffällt. Er hängt ›Bei Kurt‹ an der Außenwand. Daneben ein Kaugummiautomat wie in meiner Kindheit. Lächelnd steige ich vom Rad. Bunte Kugeln oder Kondome? Ich schaue auf den Einkaufszettel. Nichts davon steht auf der Liste. Kurt heißt auch nicht

Kurt, überlege ich weiter. Auch mein Freund Henni ist in Wirklichkeit nicht Henni. In seinem Pass steht Andreas. Ich bin gegen ausgedachte Namen. Ich bin gegen die Idee, dass man sein Schicksal selbst in die Hand nimmt. Ich schließe das Rad an. Es heißt Melencolia II. Tote Materie darf man benennen. *Melencolia I* und *II* sind die Titel von zwei Dürerwerken. Das erste Rad haben sie mir geklaut. Warum Dürer? Warum nicht Dürer, habe ich mir gedacht.

Meine Chinakladde fällt mir ein, in der ich die Beschaffenheit der Genitalien meiner Sexualpartnerinnen registrierte. Es gab Spalten für die Brustwarzengröße, den Radius des Brustwarzenvorhofs, die Schamlippenlänge, ihr Volumen. Wenn ich mich mit einer Frau unterhielt, habe ich mir ihr Geschlecht vorgestellt. Im Geiste tabellarisierte ich es in die Kladde. Ja, die Pubertät. Wieso verhält sich mein Gehirn so rezidiv? Beinahe stürze ich über mein Rad. Diese ganzen Reibereien. Diese Pein. In der Pubertät war ich umgeben von Menschen, die zu den Ideen passten, die sie aus dem Fernsehen hatten. Oder von wer weiß woher. Eltern und Nachbarn. Leute, von denen man glaubte, sie wüssten, wie es geht. Aber niemand hatte einen Durchblick. ›Falsche Ideale verwirren dein Hirn!‹ stand auf meiner Lederjacke. Beinahe täglich steckten mich die anderen Punks in den Abfallkorb auf dem Pausenhof. Also änderte ich den Spruch. ›Fuck Punk! Ideale machen Krebs!‹ Von da an lebte ich glücklich im Müll. Bis ans Ende meiner Schulzeit. Ich denke, man sollte herausfinden, was man wirklich will im Leben. Da helfen keine falschen Namen. Wähle lieber den einfachen Weg. Tu etwas, das dich mit heiterer

Gelassenheit erfüllt. Stell fest, dass du nichts Besonderes bist. Und betritt endlich die Kneipe.

»Hallo Kurt«, begrüße ich den Mann hinterm Tresen. Kurt, der ein anderer ist. Ich bestelle ein Pils und gehe zur Musikbox. Eine eindimensionale Box. Es gibt ausschließlich Lou Reed. Ich drücke *Vicious* und noch ein paar andere Sentimentalitäten. Der falsche Kurt stellt mir die Flasche hin.
»Ich hatte mal einen Freund, der trug immer eine Augenklappe. Irgendwann übernachtete er bei mir oder ich bei ihm. Ich erinnere mich nicht mehr. Jedenfalls stand er am Morgen ohne seine Augenklappe vor dem Bett. Mit zwei tadellosen Augen. Alles nur Show für ich weiß nicht wen. So ein blöder Hund«, monologisiere ich. Kurt grunzt. Bevor ich zahle, fragt er mich: »Und, wie geht's so?!«
»Ich lebe nicht mehr mit dem Mann zusammen«, antworte ich. *Walk on the Wild Side* läuft, aber ich bin schon wieder draußen.

Auf dem Heimweg kaufe ich noch Gemüse und Salat, Dinge, die gesund sind. Zum Nachtisch gibt es die Kaugummikugeln. Die Kinder juchzen vor Freude. Ich fühle mich wie ein Rosinenbomber.

Das Telefon klingelt. Es ist Landsberg.
»Hallo, was machst du?«
»Ich war auf dem Weg in den Keller.«
»Was machst du denn im Keller, ej?! Mann, steh auf und geh vor die Tür. Da ist das Leben! Was soll man denn in einem Keller?«

»Ich wollte in den Keller. Dinge sortieren. Was wolltest du denn?«

»Ich bin total abgebrannt.«

»Wie viel?«

»Drei Monatsmieten.«

»Hui!«, mache ich.

»Kannst du mir helfen?«

»O.k. Aber mehr als ein Monat geht nicht.«

»Wann kann ich's haben?«

»Überweise ich dir morgen.«

»Mensch, danke! Was machst du bloß im Keller, ej? Du bist voll verrückt!«

»Bis bald dann.« Ich drücke Landsberg weg.

Ich verschwinde ins Arbeitszimmer. Die Kinder ersticken vielleicht gerade am Kaugummi. Sie sind auffällig ruhig. Vielleicht denken sie. Beim Kauen denkt man. Das haben Wissenschaftler herausgefunden. Ich stecke mir eine weitere Kaugummikugel in den Mund. Früher schmeckten die besser. Diese hier sind fad. Wie viele Jahre lagen sie im Automaten? Ich schalte den Computer ein und denke. Eigentlich möchte man doch etwas Großes schaffen. Etwas, das über die eigene kümmerliche Existenz hinausweist. In die Zukunft, ins gleißende Licht. Warum denn bloß?, überlege ich. Man sollte sich hier in der begrenzten Langeweile des Lebens einrichten, irgendeinen Quatsch sammeln, um die Langeweile zu vergessen. Das reicht. Wird ja eh unterbrochen vom Essen, vom Schlafen und vom Sex, den drei ungefragten Begleitern. Unschlagbar wie der Tod. Obwohl Sex eigentlich nicht so mein Ding ist. Was man so landläufig darunter versteht. Ich versuche, Blasen zu machen. Ich kaue. Ich schmatze. Kauen macht glücklich, denke ich. Ich bin gut drauf. Ich starre auf den Computer, wo vor schwarzem Hintergrund als Bildschirmschoner ein Wort kreiselt: ICH. Von mir gibt es nur Bilder, auf denen ich esse oder schlafe, überlege ich. Gut, im Hintergrund sind noch irgendwelche Personen. Kinder im Planschbecken. Der bloße Rücken meiner Frau auf der Bettkante. An der Wand lehnt ein Nachbar. Oder mein Vater. Wenn ich die Augen zusammenkneife, bilde ich mir ein, dass so der Tod aussieht. Ich personifiziere gerne. Der Tod jedenfalls ist bekleidet. Er trägt einen Seidenblouson. Lustiger wäre es, wenn der Tod nackt mit den Kleinen im Planschbecken säße. Aber er ist nicht lustig, der Tod. Und er kann nicht da sein, wo ich bin. Mein Leben und der Tod sind unvereinbar. In diesem Augenblick knallt die Tür ans Regal. Vor Schreck verschlucke ich das Kaugummi, meine Gedanken. Alles weg.

»Wir sind's nur, deine Kinder«, rufen meine Kinder. Gegenseitiges Erstaunen. Dann entern sie meinen Schoß.
»Papa, der Kleine hat das Kaugummi verschluckt! Ist das schlimm?«
»Eigentlich nicht«, antworte ich. Und schon sind sie wieder weg. Schneller als jeder Rocksong.

Zurzeit ist Wissenschaftskolloquium. Da trifft man sich interdisziplinär. Ornithologen und Juristen, Geologen und Sprachwissenschaftler. Bis zum Abend laufen Vorträge am Institut. Meine Frau drückt die Bank und fühlt sich wieder studentisch.

»Das Interessanteste kam heute von einem finnischen Philosophen«, sagt sie. »Er meinte, es gäbe nur drei Gemütszustände: Staunen, Schmerzen und Langeweile. Ein Kinderleben bestünde aus Staunen. Ein Elternleben bestünde aus Schmerzen. Die Welt wäre in Ordnung, wenn wir alle Kinder oder Eltern wären. Aber er kam zu dem Schluss, dass sich die ganze Menschheit langweilt und dass es deshalb Kriege und so was gibt.« Ich stecke mir eine Handvoll Salzgebäck in den Mund.

»So ein Spinner«, nuschle ich. Ich schlucke. »Wären wir kinderlos, da könnten tausend Blumen wachsen. Da wäre Ruhe und Zeit. Das Paradies auf Erden. Wie kann der so was behaupten? Der hat bestimmt keine Kinder, dein Finne. Die Kraft, die erforderlich ist, ein Kind zu erziehen, ist dieselbe, die man braucht, um einem wilden Tier zu begegnen und nicht zerfleischt zu werden. Beides gelingt nicht, wenn man's halbherzig angeht.« Ich mache eine Kopfbewegung, die meine Frau auf die Kaugummikugeln aufmerksam machen soll, die ich mit dem Salzgebäck vermischt habe. Um meine Frau zu erfreuen, habe ich ihr einige aufgehoben.

»Übertreibst du nicht? Hier blühen doch tausend Blumen. Zumindest drei. Und nicht nur im Frühling, sondern immer.« Sie legt einen Stapel Fotos auf den Tisch.
»Die habe ich heute abgeholt. Und du bist auf jedem wieder nur am Essen«, sagt sie und blättert die Bilder durch.
»Wer ist das hier?«, fragt sie. Auf dem Foto steht irgendein Kerl mit einem bordeauxroten Seidenblouson bei uns im Garten.

»Kenn ich nicht«, sage ich.

»Und was war bei dir los?« Meine Frau schiebt die Fotos zusammen.

»Ach, ich hatte so einen sentimentalen Schub. Beim Einkaufen kam ich an einem Automaten vorbei. Voll mit Kaugummis und billigem Plastikschmuck. Früher durfte ich mir so was nie kaufen, aber heute gab's das zum Nachtisch. Willst du?« Ich zeige noch mal auf die Schüssel mit den Leckereien.

»Nein danke«, sagt sie.

»Sonst war nichts los. Ach ja, ich hab ein bisschen über das Denken nachgedacht. Und über den Tod. Na, wie immer.« Meine Frau grinst. Ich kaue Salzgebäck. Wir hatten beide einen guten Tag.

Gewürm

»Das tote Eichhörnchen«, hat meine Älteste geantwortet.
»Die Augen waren schon aufgegessen von kleinen schwarzen Käfern. Mein Vater nimmt Glasperlen als Augenersatz.« Es war die erste Stunde nach den Ferien. Jeder Schüler erzählte sein schönstes Ferienerlebnis.

»Sie sind also der Vater von Anna?«, fragt mich anderntags die Schulpsychologin. Sie blickt mich flüchtig an, dann macht sie mit ihrer Arbeit weiter.
»Ja«, bestätige ich. Was soll ich hier?, frage ich mich. Fragen Sie doch die Lehrerin, die war in den Ferien auf Stromboli und hat der Klasse vom Vulkanismus erzählt. Wir alle leben auf einer Feuerkugel. Auf dünnen Platten, die auf dem Feuer schwimmen. Sie können jederzeit ineinandertreiben und sich nach oben stülpen, und – schwupps – kommt das Feuer raus, und ein neuer Vulkan ist da. So was erzählt meine Älteste jetzt. Von Santorin und Gomorrha. Und sie ist gerade mal sechs. Aber die Lehrerin, die muss natürlich nicht hier sitzen und sich erklären.

»Ich will mir im Laufe der vier Grundschuljahre ein Bild von jedem Schüler machen«, sagt die Psychologin. Sollte sie mir nicht mal in die Augen schauen? Unhöflichkeit ist noch keine Psychologie. Sie ist jung. Jünger als ich. Sie sitzt hinter ihrem Schreibtisch, trägt ein rotes T-Shirt und sortiert einen riesigen Zettelhaufen zu drei unterschiedlich hohen Stapeln. Dann plötzlich blickt sie hoch. Aber ihre Augen folgen nur dem Flug einer Fliege. Sie sagt: »Und diese Eichhörnchengeschichte zeigt mir Gesprächsbedarf an.«

»Ich weiß nicht, wie meine Tochter darauf kommt. Ich habe keine toten Eichhörnchen gesehen. Vielleicht unterhalten Sie sich mal mit ihr.«

»Entschuldigen Sie! Ihre Tochter hat auch etwas von einem Gewehr erzählt.« Ich habe noch nie einem Psychologen gegenübergesessen. Dieses Sortieren, diese peinliche Befragung. Jetzt hat es mich als Kindsvater erwischt. Womöglich wird sie mich hierbehalten.

»Ja, aber das ist nur ein Luftgewehr«, antworte ich. »Und weil es die Kinder freut, ziele ich manchmal auf die Tiere im Garten. Aber ich habe gar keine Munition. Und ich schieße den Luftdruck durchs Fenster. Pock! Ich bin ja nicht blöd.« Die Psychologin faltet die Hände und legt die Zeigefinger an ihre Lippen. Wir beide machen keinen Mucks. Dann nimmt sie die Hände vom Mund und presst die beiden äußeren Papierstapel zusammen. Der mittlere Stapel geht ihr jetzt fast bis ans Kinn. Sie hüstelt und nimmt ihre Hände wieder zu sich.

Was soll dieses Theater?, überlege ich.

»Manchmal bin ich gar nicht hier«, sage ich, um auch mal ein wenig aufzutrumpfen. Außerdem muss ich zurück nach Hause. Die Mädchen sind schon wieder mit dem

Kleinen alleine. Sie sollten Mittag essen. Aber wenn niemand etwas kocht. »Mein Körper ist hier«, fahre ich fort, »doch mein Geist ist woanders. Dann setze ich Bilder zusammen. Die Welt besteht aus Bildern, die ich in Worte übersetze. Ich verschiebe sie hierhin und dorthin. Wissen Sie, ich schreibe Geschichten. Und wenn ich schreibe, bin ich quasi in einem gasförmigen Zustand. Kennen Sie Lovecraft? Ein amerikanischer Schriftsteller. Absoluter Horror. Aber fantastische Ideen: geleeartige Wesen, uralte Kulturen unter dem Eis der Antarktis.« Gestenreich unterstütze ich meine Worte. »Ich bin so etwas wie Lovecrafts Ammoniakmann. Der ist nur durch die Zufuhr von Ammoniakgas lebensfähig. Manchmal bin ich wie tot, und manchmal ist ein Frühling in mir. So eine brachiale Gewalt, verstehen Sie? Zum Beispiel, wenn ich etwas lese. Seltener, wenn ich etwas schreibe.«

Die Psychologin schaut mich verwirrt an. Ich nehme ihre Bestürzung in mein Erzählen hinein. »Das verstört die Nachbarn, wenn sie bei uns klingeln und fragen, ob ich ihnen beim Schränkerücken helfen kann. Ich gucke dann durch die Menschen hindurch.« Die Frau erhebt sich.
»Aber meine Familie kennt mich nicht anders«, sage ich schnell.

Während die Psychologin mich aus dem Zimmer drängt, sagt sie: »Ich werde versuchen, Sie einmal alle gemeinsam zu einem Gespräch zu bitten. Ihre ganze Familie.« Jetzt schaut sie mir in die Augen. Und ihr Blick sagt: Ihre Tochter wird bald ernsthafte Probleme in der Schule bekommen.

Vielleicht habe ich zu viel von mir preisgegeben, denke ich auf dem Heimweg. Dabei habe ich ihr nichts von unserem Kleinen erzählt, den wir ›Hörnchen‹ rufen, weil er vorn so eine blonde croissantförmige Locke hat. Und früher hießen Croissants ja noch Hörnchen bei uns in Deutschland. Und dass es da keine Verbindung zwischen dem Kleinen und den Eichhörnchen gibt.

Am Abend klingelt das Telefon. Es ist Henni.
»Die Utopien haben ausgedient«, sagt er. »Uns bleibt nur das Private. Keine Sehnsucht. Nach nichts. Wenn wir über unsere Befindlichkeit reden, ist Situationskomik statt Verzweiflung angesagt.«
»Henni, ordnest du grade Soziologiebücher? Hör mal auf mit diesem Studentengefasel. Außerdem begrüßt man sich erst mal. Mit ›Hallo‹ oder ›Guten Tag‹. Ich war heute schon in der Schule. Bei der Psychologin. Hat mir aber nichts gebracht.« Stille. »Henni, bist du noch da?«
»Ja«, sagt Henni.
»Rat mal, was ich den Kindern gestern vorgelesen habe: Odysseus«, mache ich weiter. »Der absolute Wahnsinn. Diese Sinnlosigkeit. Diese Gewalt. Das ist immer noch dasselbe. Und wir können nicht raus aus der Zeit. Hast du dir das auch gewünscht früher? Aber die Sehnsucht nach der Zeitmaschine ist auch so 'ne Kindheitsfantasie. Genauso verschwunden wie die Götter der Pubertät: H. P. Lovecraft zum Beispiel. Kennst du den? Über den habe ich heute Mittag schon mit dieser Psychologin gesprochen. Auf unserem Schulhof wurden Lovecrafts Bücher neben Cannabis gehandelt. Allerdings sind mir seine Bücher heute so peinlich wie alte Liebesbriefe. Alles tote Worte.

Henni, ich glaube, so heißt meine nächste Geschichte: Tote Worte.«

»Katharina geht seit einer Woche nicht mehr zur Schule«, sagt Henni. »Die dritte Klasse hat begonnen, und sie bequemt sich nicht aus dem Haus. Weil sie schon alles weiß, sagt sie.«

»Liest du ihr eigentlich was vor? Lies ihr doch zum Beispiel mal Odysseus vor. Das interessiert Kinder.«

»Natürlich lese ich ihr vor. Aber doch nicht Odysseus. Der ist doch so was von passé. Diese ungeile Heldennummer. Das kann man doch gar nicht mehr lesen! Außerdem gibt's kein Schicksal. Es gibt nur uns. Menschengewürm. Und von diesem Lovecraft hab ich noch nie was gehört.«

»Aber Henni! Lovecraft ist ja egal, aber Odysseus ist doch wie ein Staubkorn in der antiken Götterwelt. Erst muss er zehn Jahre in Troja kämpfen, und danach treibt er noch eine Dekade übers Meer. Das ist doch nicht heldenhaft. Odysseus ist der Antiheld par excellence. Das müsste Katharina doch interessieren. Als ob es nur uns gäbe. Menschengewürm. Es muss doch mehr geben als uns. Irgendwo dort oben. Draußen. Aber natürlich anders, als Lovecraft das meinte. Der schrieb immer nur von Schleimwesen und so 'nem Kram. Der war wirklich verrückt.«

»Total passé, dein Odysseus«, sagt Henni. »Katharina interessiert sich für Pferde und Jugendmode. Nicht wie wir früher. No future und so. Weil wir in der friedlichsten Welt aller Zeiten leben. Wir kämpfen nur für Pensionen und andere Wohlstandkrumen. Keine Ideologien. Keine Götter.«

»Henni, ich muss noch mal nach den Kindern sehen. Bis bald.«

»Ja, bis bald dann. Gute Nacht.«

Hinter der Kellertür meine ich ein Geräusch zu hören. Ich lausche. Hinter der Kellertür ist etwas. Ich öffne sie. Das Geräusch wird lauter. Ein Knistern. Die Energiesparlampe durchdringt kaum die Dunkelheit. Ich steige die Stufen hinunter in den Vorraum. Überall knistert es. Der Boden ist staubig. Feiner, heller Staub. Es sind Spuren darin. Meine Fußabdrücke. Ich wirbele einige Staubwölkchen auf. Träge treiben sie dahin. Dann gehe ich wieder hinauf. Oben klopfe ich mir die Schuhe ab. Alles in Ordnung. Das sind nur die Holzwürmer, die die Balken zu Staub zermahlen. Wir hätten den Keller schockgefrieren müssen, um sie zu erledigen. Den ganzen Keller. Wochenlang. Wer kann sich das leisten? Außerdem klingt es nach einer Lovecraft-idee. Vollkommen verrückt. Aber es gibt sogar Firmen, die diesen Service anbieten. Na, wir haben uns für das Gewürm entschieden. Es ist abzusehen, dass das Haus unter uns zusammenbricht. Wir hätten das Haus nicht kaufen dürfen. Andererseits gibt einem das Knistern auch ein heimeliges Gefühl. Die Illusion eines Ofens im Keller. Am lautesten knistert es im Werkzeugkeller. Da, wo ich die toten Eichhörnchen präpariere.

Die Liebe einfrieden

Ich stehe mit Sanddorn am Zaun. Er preist mir seinen Rasenmäher an. Die Luft ist von Rasenmähersound erfüllt. Wir sprechen laut und atmen flach. Benzinschwaden benebeln uns. Ich denke an die Rache des Rasens. Ein Buchtitel von Richard Brautigan. Eine amerikanische Kindheit um 1940. Auch dort werden unentwegt Rasenflächen akkurat auf Höhe gehalten. Ich denke: Dieses Kurzgehaltenwerden. Zu kurze Zeit. Zu kurzes Geld. Ich denke, noch dreiundfünfzig Minuten, bevor meine mittägliche Kindersammeltour startet. Schule, Kindergarten, betreuter Spielplatz. Ich denke, dass ich die verbleibende Stunde nicht auf dem Rasen zubringen will. Ich denke, was will Sanddorn mit so einem gigantischen Rasenmäher, wo er den größten Teil seines Grundstücks asphaltiert und mit Getränkekisten vollgestellt hat.

Sanddorn sagt: »Die Menschen wollen immer nur Sieger sehen. Weil sie selbst nichts Besonderes sind. Und deshalb gehen sie zum Sport. Aber ich liebe die Oper. Es wird dunkel, die Musik spielt, und ich weine. Ich weine nicht über Turandot oder über Otello. Ich weine über das, was in meinem eigenen Leben falsch ist. Und wenn ich rausgehe, bilde ich mir ein, ich hätte mich ein klein wenig geändert. Dabei habe ich einfach nur meinen Stress aus dem Körper geschwemmt. Man muss seine Liebe pflegen, wie den Rasen.« Dann schmeißt er seine Höllenmaschine an.

»Ich gehe lieber auf Punkkonzerte«, rufe ich zu ihm hinüber. »Obwohl das hier jeden Tag Punk ist. Dieser Lärm. Dieser Gestank. Ich gehe ein Bier trinken. Ich spüle mir das Weinen aus dem Körper.« Er stellt den Rasenmäher ab.

»Wie bitte?!«, ruft er. Aber ich bin schon im Haus.

Hinter den Fenstern ist alles Gebrummse. Zum Verrücktwerden. Ich rufe Henni an. Ich will ihm erzählen, dass hier immerzu der Maschinenpark läuft, dass ich so nicht mehr leben kann. Dass wir das Haus wieder verkaufen. Weil wir nie Rasen mähen, werden sich die Anwohner zusammenrotten und nachts mit Fackeln zu unserem Haus ziehen. Sie glauben, wir sind das Fremde, das Frankensteinartige, die ungemähte Wiese. Sie wollen uns vernichten. Ich möchte das verhindern.

Aber Henni hat schon den ersten Satz gesagt. »Auf den Philippinen haben sie bei einer Hochzeit einen aufgegessen.«

»Wo?«, frage ich.

»Auf den Philippinen. Der Typ war mit dem Bräutigam verwandt. Ist hinter dem Brautpaar hergedackelt. Bestimmt alle in strahlendem Weiß in dieser grünen Hölle. Und beim Stolpern hat er versehentlich den Hintern der Braut berührt, was dort tabuisiert ist. Da war seine dreckige Hand dran. Man sah den Abdruck. Daraufhin haben ihn drei Verwandte hinter einer Hecke erstochen.«

»Das ist ja widerlich!«

»Richtig widerlich wird's eigentlich erst jetzt. Die haben den Toten dann mit Palmwedeln in Brand gesetzt und sind mit dem geschmorten Fleisch zurück zur Hochzeit, wo sie es betrunkenen Gästen zum Essen gaben.«

»Warum erzählst du mir das, Henni? Eigentlich wollte ich gerade etwas erzählen.«

»Du willst mir doch nichts erzählen. Etwas aus deinem Leben?! Denk an die Philippinen. Spürst du nicht die helle Verzweiflung, die sich in allem wiederfindet?! Gerade jetzt entfalten sich irgendwo anders warme Intimitäten. Fantastisch und großartig wie innerlich wuchernde Lepra. Da willst du mir etwas erzählen?!«

»Henni, ich kann jetzt sowieso nichts mehr erzählen. Ich muss die Kinder holen. Ich kann nicht mal mehr ein Bier trinken. Bis bald«, sage ich und lege auf. Ich trete hinaus in das Gebrummse.

Beim Mittagessen denke ich, dass es schade ist, nachher nichts von den Philippinen erzählen zu können. Einmal habe ich von einem Freund erzählt. Von seiner afrikanischen Skulpturensammlung. Und dass die wertvollsten Stücke mit Hühnerblut besprenkelt sind. Mit Kot und mit Bier, weil sie im Kult waren. Das heißt, benutzt worden sind für irgendeinen Zauber. Durch das Blut und den Kot wurden die Wünsche der Menschen auf den Skulpturen fixiert: der Wunsch nach Liebe, nach Gesundheit, nach Geld. So wie bei Jesus in unseren Kirchen, sagte ich. Aber der ganze Mütterbastelkreis hat nur einmal hoch- und mich angeguckt, und dann wurde weitergebastelt. Dabei sammle ich gar keine Skulpturen. Zwei afrikanische Figuren hat mir Henni einmal zum Geburtstag geschenkt. Sie stehen in meinem Arbeitszimmer. Das Böse ist weit weg in Afrika oder auf den Philippinen, könnte ich sagen.

Aber erst mal muss ich die Wäsche machen. Ich freue mich, dass die Kleidungsstücke wieder ein handhabbares Format haben. Nichts mehr dabei von diesen rosahellblauen Kleinstteilchen, die kaum zu fassen waren für einen Grobmotoriker wie mich. Das Leben ist ein steter Wandel, denke ich. Nur die Rasenmäher bleiben. Ich überlege, ob es wohl noch Sensen zu kaufen gibt. Einen schwarzen Umhang habe ich. Und dann mache ich abendliche Nachbarschaftsbesuche.

»Guck mal, Papa«, rufen meine beiden Mädchen euphorisch und stellen einen Käfig vor uns auf den Tisch. Wir sind der Mütterbastelkreis. Vor uns die Bastelkisten voller Kastanien und Streichhölzer. Wir basteln Kastanientiere. Igel, Giraffen, Hirsche und Hirschkühe.
»Aber Hirsche leben in Freiheit«, versuche ich den beiden einen Wink zu geben. Meine Mitbastelmütter schütteln die Köpfe. Außer meinen Kindern hat kein anderes einen Käfig gebastelt.

Ich bastle weiter an meinem Hirsch. Schwierig, so einem Sechzehnender sein Geweih mit Streichholzstückchen und Klebe an die Kastanie zu modellieren. Schließlich ist der Kopf mit dem Geweih so schwer, dass er ohne untergeschobenes Feuerzeug immer nach vorne fällt. Ich mache einige Drehungen mit dem Hirsch und seiner Kuh. Lasse sie am Käfig schnuppern. Zum Spaß denke ich mir, das sind wir zwei, meine Frau und ich. Ich nenne sie ›Kastanienwild‹, ›Glühende Lampe‹ oder ›Teekesselchen‹. Sie nennt mich ›Franse‹ oder ›Lappen‹. Viel zu schnell ist die Bastelstunde vorbei. Jeder darf ein Tier mit nach Hause nehmen, der Rest wird beim Gemeindefest verkauft, sagt die Oberbastelmutter. Ich stecke meinen Hirsch ein. Die Kuh nehme ich heimlich mit.

Zu Hause drapiere ich die Tiere auf dem Couchtisch. Den Käfig stelle ich schräg dahinter. Wie traulich die beiden wirken. Es fehlt vielleicht noch etwas Hühnerkot, um die Liebe fest in sie einzuschließen. Oder etwas, das wirkt wie Hühnerscheiße, aber besser riecht. Doch das hat Zeit bis morgen. Für heute lehne ich mich zufrieden zurück. Heute habe ich die Liebe gehegt und gepflegt. Meine Frau wird Augen machen, wenn sie nach Hause kommt.

Fernsehen

Ich bin die Sonntagmorgenwache. Liege auf dem Sofa wie in einem Segeltuchstuhl an Deck. Blättere mühsam die Seiten der Zeitung um. Verzettele mich. Es ist so schwer. Die Zeitung. Das Leben. Zu viele Figuren. Zu schnell geschnitten. Es erscheint mir unzusammenhängend, wie die Fortsetzung einer Fernsehserie, von der ich keine andere Folge kenne. Ich lasse die Zeitung vom Sofa gleiten. Sie bleibt plan auf dem Teppich liegen. So flach, als würde sie schwimmen.

Über mir treiben die Kinder ihre Fahrzeuge über die Bohlen. Von einem Zimmer ins andere. Warum musste es Holz sein? Warum ohne Teppichboden? Wie meine Frau noch schlafen kann, ist mir ein Rätsel. Aber sie tut es. Sie veranstalten einen Blitzkrieg, die kleinen Götter dort oben. Ich sollte mir mal die Beine vertreten. Etwas sehen von der Welt. Mich in Anbetracht der Zeitung nicht so ausländisch fühlen. Aber ich kann nicht fort, weg von meinem Beobachtungsposten. Die Götter sind ohne Vernunft. Sie äschern das Haus ein, wenn ich hinausgehe. Und meine Frau verbrennt im Schlaf. Alles würde ein Opfer der Flammen. Der Wäscheberg. Die Spielsachen auf der Badezimmerablage. Von außen nur ein flackernder Lichtschein hinter den Fenstern. Und ich flanierte draußen auf der Straße. Wer will das wissen? Paulinchen ist schon lange tot. Von so etwas sollte ich berichten. Von etwas mit einem Anfang und einem Ende. Von Dr. Hoffmanns Vorstellungen von Erziehung und Anstand. Eben Kunst. Nicht vom Leben, diesem ausgefransten Etwas mit seinen Unzulänglichkeiten.

Das Telefon klingelt. Wer kann das sein? Es ist acht Uhr am Sonntagmorgen. Jemand singt am anderen Ende. Dann sagt eine Stimme: »Like *Sex and the City*, you know, bloß mit Männern, und wir beide schreiben das. Täglich auf Sendung.«
Es ist Landsberg. Er ist entsetzlich. Er ist bestimmt gerade erst nach Hause gekommen, um mir sein neustes Projekt vorzustellen. Seine Stimme klingt durchgetrunken. Er ist begeistert. Er kriegt sich kaum wieder ein. »Geld!«, ruft er.
»Landsberg. Guten Morgen. Du hast recht. Geld, das ist uns beiden ein Wert, aber ich weiß ja nicht. Ferngesehen hab ich nie. Weißt du, seit den Kindern bin ich müde. Weißt du überhaupt, wie spät es ist?!«
»Ach, halt's Maul«, lallt Landsberg.
»Weißt du, wie viele Jahre wir hier schon wohnen? Jedenfalls habe ich einige der Umzugskartons noch nicht wieder angerührt.«
 »Hey, ich rede vom Fernsehen. Täglich!« Landsberg summt wieder seine Melodie. Singt den Refrain.
»Verrottende Erinnerungen«, sage ich ins Gesinge hinein.
»Erinnerungen, an denen kleine Tiere knabbern.« Ich

schüttle an einem der Kartons. Sie stehen mitten im Arbeitszimmer. Nichts. Bestimmt die Papiertaschentücher aus Finnland. Ein anderer Karton klötert. Griechische Muscheln. 1992.

Landsberg singt immer noch. Zwischendurch lacht er.

»Hör mal«, sage ich. »Wie es klötert. Der wahre Mythos ist die Jugend.«

»Lass uns feiern!«, ruft Landsberg.

»Die einen feiern, was sie liebten, die anderen, dass sie's glimpflich überstanden haben. So oder so«, murmele ich.

»Du hörst dich nach Aftershowparty an.«

»Hey, was sagst du? Geht's dir gut?«, fragt Landsberg.

»Was machen die Kinder? Ich hör doch die Kinder. Bei dir rumpelt's! Oder bist du wieder im Keller?«

»Du Singdrossel. Hör doch mal zu«, sage ich. »Mein Boot treibt ab. So wie bei Tim und Struppi. Das Dampfschiff pflügt durchs Meer. Am Heck löst sich ein Tau. Das Rettungsboot treibt ab. Tim reibt sich die Schläfe und überlegt, wer ihn k.o. geschlagen hat. Nur sitzen jetzt nicht Tim und Struppi im Boot, sondern ich. Ich ganz allein. Und auch ich fühle mich ohnmächtig. Weil der Dampfer weiterzieht. Ohne mich.« Landsberg kichert. »Welch gewaltiges, welch schreckliches Bild. Die Gesellschaft, meine Freunde, meine gesamte Sozialanbindung, alles verschwindet hinter dem Horizont. Und ich habe nicht einmal einen Hund.«

»Dramatisier doch nicht alles so«, grunzt Landsberg. »Triff dich einfach mit dem Mütterkreis. Dein Sozialausschnitt hat sich geändert. Sozialisation ist nicht für immer. Überleg dir das mit dem Fernsehen. Ich ruf später noch mal an.«

Ich stehe am Telefon und denke, dass das richtige Leben bei den anderen ist. Immer schon war. Das gute Leben ist da, wo es nicht hingehört. Eigentlich sollte es bei mir sein, aber mein Leben ist voll mit anderen Dingen. Das gute Leben ist bei Leuten wie Landsberg, Typen, die immerzu feiern. Wein, Weib, Gesang. Und über mir erobern sie Troja.

Plötzlich ist die Angst da. Die Angst, das Eigentliche im Leben zu versäumen. Aber Fernsehen, denke ich, eine Daily Soap im Fernsehen, das war's doch eigentlich nie, was ich machen wollte, oder? Ich setze mich aufs Sofa und schalte den Fernseher ein. Eine alte Schauspielerin preist Tiegel und Tuben an. Ich überlege, ob ich Kosmetik brauche. Ich folge ihren Anweisungen und mache Streichbewegungen. Gesicht, Hüften, Po. Alles fühlt sich welk an. Die Kosmetik ist teuer. Ich schalte um. Musik. Schöne Menschen tanzen. Ich reguliere die Lautstärke und stelle fest, dass die Musik problemlos den Kampf um Troja übertönt. Der Fernseher dröhnt in einer eigenartigen Frequenz. Ich gehe zu ihm. Ich umarme ihn. Sein gleichmäßiges Wummern beruhigt mich wie ein Mutterherz. Ich beginne mich zu entspannen.

»Spinnst du?! Was machst du für 'nen Lärm!« Meine Frau steht in der Tür. Sie kommt zu mir und schaltet den Fernseher aus. Von oben höre ich unsere weinenden Kinder. Ich löse mich vom vibrationsfreien Fernseher.
»Ich muss Landsberg anrufen«, sage ich. »Das schaff ich nie, mit den Kindern, täglich. Wie stellt der sich das vor? Wir brauchen ein Au-pair-Mädchen. Irgendwer muss sich

um die Kinder kümmern, jetzt, wo Frau Hansen das nicht mehr machen kann.«

Ich brauche eine Ordnung in meinem Leben. Etwas Ruhe. Wann bauen sie endlich die Schallschutzmauer zur Bahntrasse? Dann werde ich fragen, ob sie einige Elemente übrig haben, um sie im Haus einzubauen. Für die Ummantelung des Kinderzimmers. Das wäre die Lösung für ein ruhiges Leben.

»Was riecht denn so angekokelt?«, fragt meine Frau. »Es riecht doch angekokelt.« Ich gehe in den Flur. Die Tür zum Kinderzimmer ist geschlossen. Es ist auffallend ruhig.

Das Haus in der Mitte unserer Straße

Morgens, wenn die Mädchen zur Schule gehen, wanken die Bewohner des Hauses den Bürgersteig entlang. Trotz des Sommers sind sie alle blass. Sie tragen zerrissene T-Shirts. Ihre vernarbten Arme sind für jeden sichtbar. Das Haus bietet Jugendlichen Obdach, die Probleme mit ihren Eltern haben. Im ungemähten Garten liegt ein Berg Fahrradleichen. Aus den gekippten Fenstern schallt von morgens bis in die Nacht laute Musik. Täglich rufe ich meinen Nachwuchs zum Tanzen in unseren Vorgarten. Die Passanten, die am Zaun entlangdefilieren, sind wie aus Pappe geschnitten. »So ein Haus in unserem schönen Vorort«, jammern sie in den Lärm hinein. Ich mag die jugendliche Musik. Und die Kinder tanzen sowieso gerne. Einmal habe ich eine Reportage über indianische Ritualtänze gesehen. *Wie man die Welt durch Tanzen beeinflusst*, so hieß die Sendung. Dauerhafte Eintracht, die Beständigkeit von romantischen Gefühlen, es gibt sie nicht. Weder im Privaten noch in der Gesellschaft. Aber wenn wir nicht tanzen, wenn wir einfach so vor uns hinleben, dann ziehen die Alteingesessenen durch die Straßen. Sie fackeln nicht lange. Sie brennen lieber gleich alles nieder. Alles, was anders ist. Nur wenn wir tanzen, ist Friede.

Jedes Jahr im Juni ruft Henni wegen des Ehemaligentreffens an.

»Zück nicht wieder gleich das Familienfoto, du mit deinen Kindern«, sagt er. »Manche Leute mögen keine Kinder. Die Zeit nach dem Abi ist jetzt schon länger als die Zeit bis zum Abi. Das sind wildfremde Leute.«

»Na ja, aber niemand weiß, ob das wirklich meine Kinder sind. Auf dem Foto. Wer weiß schon, was wirklich ist. Man kann alles erzählen. Erzählen macht wahr.«

»Aber du erzählst wirklich immer nur dein Leben. Eins zu eins. Das ist so öde. Beleidigend öde. Du bist nichts Besonderes. Du bist nur penetrant. Du wirkst wie ein Versicherungsvertreter.«

»Henni, willst du nachher wirklich mit oder hast du Angst vor dem Treffen?« Es klingelt. Der Paketbote. Einmal habe ich ein Paket für das Haus in der Mitte unserer Straße angenommen. Meine Älteste hat es abgegeben. »Die im Haus haben ein Poster im Flur«, erzählte sie. »Die Skyline von New York. Der Jugendliche hat aufs Poster gezeigt und gesagt: ›Da ist eine Tür. Und hinter der Tür ist Amerika. Man geht durch und steht direkt auf dem Times Square in New York. Alles voll mit Wolkenkratzern, weil in Amerika alles größer ist.‹« Seit meine Tochter in den Flur des Hauses gesehen hat, träumt sie von Amerika.

Meine Mädchen kommen aus der Schule. »Habt ihr was auf?«, rufe ich aus der Küche.

»Ich soll über dich schreiben, Papa«, antwortet die Älteste.

»Wieso das denn?«

»Das ist für Deutsch. Wir sollen über jemanden schreiben. Ich schreibe über dich.«

Was wird sie schreiben?, überlege ich. Mein Vater ist ein alter Mann. Ihm knacken die Gelenke. Er riecht aus dem Mund. Beim Frühstück kann mein Vater nur grunzen. Ich hätte lieber keinen Vater, der aus dem Mund riecht und grunzt. Meine Tochter weiß zu viel. Ich schabe den angebrannten Fisch aus der Pfanne.

»Kannst du nicht über die Jugendlichen von nebenan schreiben?«, frage ich beim Essen. »Du willst doch auch jugendlich sein.« Wir essen Omega-3-Fette. Fisch ist gesund. Man riecht schon, wie gesund er ist. Meine Tochter schüttelt den Kopf.

»Papa, den Fisch mag ich nicht.«

Der Mensch ist böse, denke ich beim Füllen des Geschirr-spülers. Mir ist übel von den vier Portionen Fisch. Beim Eintippen des Spülprogramms leuchtet die voraussichtliche Dauer des Programms auf: 88 Minuten. Ich denke: 88 – das ist meine Lieblingszahl. Es leuchtet in mir. Und niemand weiß davon. Nicht einmal meine Tochter. Die 88 ist mein Geheimnis. Jeder braucht ein Geheimnis. Ich lächele. Dummerweise ist die 88 auch die Codierung von HH. Neonazis nähen sich meine Lieblingszahl auf ihre Jacken, um das Gesetz gegen die Verwendung von NS-Symbolen zu umgehen. HH steht für Heil Hitler. H, der achte Buchstabe des Alphabets. Wer außer mir, Neonazis und Henni (1000) hat eigentlich noch eine Lieblingszahl? Wer außer uns hatte überhaupt jemals eine Lieblingszahl? Das Telefon. Landsberg. Landsberg jedenfalls hat keine Lieblingszahl. Er sagt immer, Hauptsache, das Geld stimmt.

»Was macht die Kunst?«, eröffnet er.

»Meine Tochter schreibt über mich«, sage ich. »Das gefällt mir nicht.«

»Würde mir auch nicht gefallen. Aber es sind deine Kinder. Hast du 'ne Idee für 'ne Wohnung? Übergangsweise.«

»Da fragst du mich? Was ist denn los mit euch?«

»Männer und Frauen passen nicht zusammen. Willst du mehr wissen?«

»Nee. Manchmal ist im Jugendhaus was frei.«

»Ich dachte eigentlich an eins von euren Kinderzimmern. Außerdem hab ich 'ne Idee, wie man zu Geld kommt. Aber erst mal muss ich wieder wohnen.«

»Ich red mit meiner Frau.«

»Beeil dich!«

Dann lasse ich die Kinder alleine, um zwei Stunden ungestört Ehemaliger zu sein. Wir treffen uns in einem Café, in das zu Schulzeiten die Stadtteilwitwen zum Tortenessen gingen.

Ich bin gerade wieder zu Hause, da klingelt das Telefon.

»Henni! Einmal am Tag reicht wohl nicht?! Du bist ja wie meine Mutter.«

»Nee, ich wollte wissen, wie du's fandest beim Treffen.«

»O.k.«

»Hast du dich auch mit Roman unterhalten? Den hatte ich früher gar nicht mitbekommen. Und jetzt ist der Schriftsteller.«

»Hab ich kurz mit gesprochen. Aber der schreibt Unterhaltungsheftchen. Geschichten mit Anfang und Ende. Ich hab Vorbehalte gegen den Roman. So einfach lässt es sich dann doch wieder nicht erzählen, wie der es gern hätte.

Alle anderen Formen sind verwirrter, verwirrender. Besser schweigen, als so 'nen Scheiß schreiben!«

»So ein Quatsch! Du hast doch noch nie was von ihm gelesen. Außerdem gibt es doch genug Autoren, die es beherrschen, eine Geschichte zu erzählen. Die sich künstlerisch über das Leben erheben. So soll es sein. Ich finde dieses Allesgleichmacherische, Gemeine, Unpointierte zum Kotzen«, sagt Henni.

»Henni als großer Lebenshasser.«

»Nee, aber dieser moderne Quatsch, wo sie alles zerstückeln und neu zusammenklatschen. Ich sag ja nicht, dass das meine Kinder könnten, so wie die Museumsidioten in Anbetracht des Geschmiers an den Wänden. Aber grad beim Schreiben. Einen graden Satz formulieren, das sollte jemandem doch gelingen, der sich Schreiberling nennt.«

»Aber die Moderne, Henni, die war doch gestern. Selbst die Postmoderne. Vorbei. Ich weiß gar nicht, wie unsere Gegenwart heißt. Wo leben wir denn?«

»Wir sind Kreaturen der Nacht«, sagt Henni.

»Ja, wird schon dunkel. Die Kinder müssen ins Bett.«

Kurz darauf kommt meine Frau nach Hause. Ich setze mich zu ihr aufs Sofa und beobachte ihre Haare, während sie von Zugvögeln, Schwarmbildung und Wolkenformationen erzählt. Ich finde, ihre Arbeit ist sehr romantisch.

»Die Liebe«, säusele ich. Sie rümpft die Nase.

»Die Liebe riecht. Am Ende kommt immer das Klebrige unter dem Wahren zum Vorschein.« Sie rückt von mir ab.

»Aber so ist die Liebe«, sage ich. Meine Frau schließt den obersten Knopf ihrer Bluse. »Du riechst nach Fisch!«

»Landsberg und seine Frau. Das ist auch vorbei«, sage ich. »Landsberg will jetzt bei uns wohnen.« Meine Frau steht auf und geht ins Badezimmer. »Und unsere Tochter schreibt über mich. Ich muss mir das unbedingt ansehen.«

Ich gehe in das Zimmer meiner Tochter. Vor ihrem Fenster flackert Blaulicht. Eine Megafonstimme treibt zur Eile. Die Feuerwehr blockiert die Straße. Immer das Gleiche. Obwohl wir den Speckgürtel betanzen, halten es die vom Haus nicht aus und versuchen sich umzubringen. Schade, dass meine Tochter schon schläft. Da hätte sie etwas zu schreiben. Ich nehme ihr Heft aus dem Ranzen: »Papa. Ich fände es besser, wenn mein Papa Amerikaner wäre. In Amerika ist alles größer. Aber ich glaube, mein Papa findet Amerika nicht so gut wie ich. Trotzdem ist mein Papa der beste Papa der Welt. Ich glaube, mein Papa kauft mir bald einen Computer. Aber ich wünsche mir ein Pony.«

Leben oder Schreiben

Ich finde, nichts geht über Makler und ihre Schilder in den Vorgärten. Sie anzurufen und fürs Wochenende Besichtigungen auszumachen. Sich die Häuser in der Umgebung von innen anzusehen. Es ist ein bisschen wie als Kind, als man über den Zaun zum Nachbarn kletterte und hoffte, der Hund wäre in den Windfang gesperrt und man könne einen Blick ins erleuchtete Haus werfen. Im besten Fall sah man den Nachbarn gerade seine Frau küssen.

Die Kinder freuen sich über diese Ausflüge. So viel Platz in den leer stehenden Häusern. So viele Möglichkeiten zum Verstecken. Sie rennen die Treppen hinauf und hinunter. Ein typischer Sonntagsfamilienausflug. Mit dem Makler unterhalte ich mich über den Einbau eines zweiten Bades im ersten Stock. Wir sprechen über Badezimmerarmaturen. Ich erwäge eine kühne Wohnzimmererweiterung auf Pfählen. Wir verabschieden uns. Ich weise noch einmal ausdrücklich darauf hin, dass das Haus unbedingt für uns zurückgehalten werden muss. »Ich melde mich!«, versichere ich über den Zaun hinweg. Ich mache mich unentbehrlich. Ich zeige auf eine Reihe von Tannen, die im Vorgarten steht.

»Die müssen natürlich weg«, rufe ich. Der Makler nickt.
Es ist das Waldschlösschen. Das Haus von Frau Hansen.
Sie ist vor einigen Monaten gestorben.

Am Freitag hatte sich meine Älteste in der Schule gemeldet. Sie hatte erzählt, ihr Papa, der könne alles. Aus ihr
sprach der ungebrochene Glaube an einen Mythos. Es ging
darum, einen Klassensatz hölzerner Schiffsrümpfe anzufertigen. Ein Schiffsrumpf für jedes Kind. Siebenundzwanzig
Rümpfe. Die einfache Form, sagte die Lehrerin, aus Holzresten. Lernziel sei es, einen Mast zu setzen und den Rumpf
zu bemalen.
»Und dann hat die Lehrerin wie im Theater gesprochen«,
erzählte meine Tochter. »Und dass da kein Tischlerkind in
der Klasse ist, und wer das denn dann übers Wochenende
bauen kann, und dann habe ich mich gemeldet!«

Da wir keine Holzreste im Haus hatten, fuhr ich am Freitagnachmittag zum Baumarkt. »Nur Pfostenschnittstücke«, bat ich. Der Baumarkthiwi lud mir alle möglichen
Holzreste auf den Fahrradanhänger. Weil er mich für blöd
hielt, packte er noch einige zerbrochene Rigipsplatten
dazu. Zu Hause sortierte ich die Pfostenschnittstücke mit
meinen Kindern. Fünfundzwanzig mögliche Schiffsrümpfe. Ich sägte, die einfache Form, spitzer Bug, rundes Heck.
Die Kinder hobelten. Bis zum Abendessen.

Nach dem Abendessen ruft Henni an.
»Hast du am nächsten Wochenende Zeit? Wir wollen ein
Haus ansehen«, lade ich ihn ein. Henni hat einen gewaltigen Hauswunsch. Aber er wird nie eins besitzen. Er kann

nicht mit Geld umgehen. Er hat keins. Und wenn er Geld hat, gibt er es aus.

»Aber es ist doch noch gar nicht lange her, dass ihr euer Haus gekauft habt«, sagt er.

»Stimmt«, antworte ich. »Aber wir wollen sehen, was sonst so läuft. Den Immobilienmarkt im Auge behalten. Wir gucken uns eigentlich jedes Wochenende Häuser an. Außerdem: Häuser haben so was. Jedes ist anders.«

Aber Henni muss jetzt noch irgendetwas für seine Kinder tun. Und was am nächsten Wochenende ist, kann er noch nicht sagen. Er entschuldigt sich und beendet das Gespräch.

Die restlichen Schiffsrümpfe fertige ich in der Nacht. Die zwei fehlenden Rümpfe klebe ich aus Rigipsplatten zusammen. Einen für meine Tochter, den anderen für ihre beste Freundin. Sie soll sich nicht für jeden Mist melden in der Schule. Ich weiß meine Zeit besser zu nutzen. Das wiederhole ich ständig. Niemand in der Familie glaubt mir.

»Guckt mal«, sage ich am Samstag zu meinen Kindern. »Unsere Nachbarin drüben, die pflegt morgens, wenn die Kinder in der Schule sind, ihren Garten. Damit der hübsch aussieht. Und Tante Claudia, die näht in dieser Zeit Hosen und Hemden für ihre Kinder. Und ich, ich schreibe Geschichten. Und um dafür Ideen zu bekommen, gucken wir uns sonntags Häuser an. Morgen ist Sonntag.« Sie schütteln die Köpfe. Auch meine Frau glaubt mir nicht. »Morgen ist Sonntag«, wiederhole ich.

Schreiben ist Nachdenken und Erinnern, sage ich immer. Man liest ein wenig hier, blättert da, starrt den Bildschirm an, das leere Blatt, je nachdem. Man erinnert sich. Die Kinder schickt man in den Garten. Oder ins Bett.

»Du sitzt wieder nur rum und tust nichts«, sagt meine Frau, als sie abends nach Hause kommt und ich wie üblich am Schreibtisch sitze. »Dabei ist so viel zu tun, in dieser Welt. Wäsche bügeln. Staubwischen. Wir leben in dieser Welt.«
»Während die andere Welt noch gar nicht existiert«, antworte ich. »Lass mich jetzt bitte in Ruhe. Ich muss schreiben.«
Sobald meine Frau zur Tür raus ist, öffne ich eine Flasche Bier. Man muss erst ein wenig trunken sein, bevor die Worte kommen. Das, was man die eigene Sprache nennt. Die Russen sagen, der Betrunkene im Nebel schaut Gott. Ich beschleunige das immer mit ein bis zwei Bieren, weil ich wegen der Kinder und wegen dem richtigen Leben eigentlich überhaupt keine Zeit habe zu schreiben. Aber das heißt nicht, dass das Blatt sich füllt. Häufig bin ich dann nur betrunken und lege mich ins Bett. Und meine Frau? Schimpft natürlich wieder mit mir. Aber dann ist es nicht mehr so schlimm, das Geschimpfe.

Am Montag kommt meine Tochter tränenüberströmt aus der Schule. Ihre beste Freundin ist krank. Und beim Schwimmversuch im Bassin auf dem Schulhof ist ihr Schiff als einziges abgesoffen. Fünfundzwanzig stolze Karavellen und ein Wrack.

»Dein Schiff ist aus Rigips«, sage ich. »Das kann nicht schwimmen. Wie blöde ist denn deine Lehrerin?!«

»Meine Lehrerin ist nicht blöd! Du bist blöd. Du hast das Schiff gebastelt.«

»Bitte sei jetzt leise. Papa muss arbeiten«, sage ich und gehe ins Arbeitszimmer. Öffne mir ein Bier und schalte den Computer ein. Ich denke, dass die richtige Welt nichts mit dem Schreiben zu tun hat. Sie ist zu präsent, die Realität. Brachial wie ein Betrunkener, laut wie ein Krakeeler.

Schreiben ist leise. Leises Zweifeln. Zweifeln an den Dingen, die sind. Es gibt zwar alles, aber ist das wahr? Man sollte sich die Dinge sorgfältig ansehen. Ihre Beschaffenheit, ihren Schein. Versuchen zu sehen, was sie wirklich sind. Holz oder Rigips. Genauso wie die Menschen. Vielleicht gelingt mir heute noch eine Geschichte, denke ich. Etwas über Häuser. Etwas Solides. Ich fühle mich gut. Ich öffne ein zweites Bier.

Krähen

Meine Älteste kommt freudestrahlend aus der Schule. Sie hält mir einen Zettel vor die Nase. Schulprojektwochen – Fachgruppe Krähe, lese ich.

»Und ich bin Gruppenleiterin«, sagt sie. »Ist das nicht toll?!«

»Was gab's denn noch für Gruppen?«

»Basteln, Schwimmen und so weiter. Kann ich alles schon. Krähen kann ich nicht.«

»Aha«, sage ich.

Liebe Eltern, Ihr Kind muss für einen Monat nicht in die Schule kommen, steht auf dem Zettel. Einen Monat. Das muss man sich mal vorstellen. Die Schüler sollen zur Selbstständigkeit erzogen werden, schreiben sie. Sie sollen in die Bücherhalle gehen und sich eigenständig Literatur besorgen. Forschung betreiben. Und nach einem Monat in der Schule ihr Wissen weitergeben.

Am nächsten Morgen geht meine Tochter, Krähenprojektleiterin, in die Bücherhalle und leiht sich Krähenbücher. Dann leiht sie sich unser Opernglas und betreibt Krähenforschung. Stellt sich mit ihren Geschwistern in den Garten und blickt gen Himmel.

»Na, schon was erforscht?«, rufe ich, als ich in ihrer Nähe mähe. Das letzte Mal Rasenmähen. Im Sommer muss man auf die Kröten aufpassen. Jetzt im Spätherbst sind es Nüsse, die im Weg liegen. Nüsse sind voller Geräusch, wenn man sie übermäht. Kröten können nicht mal quaken.

Die Kinder haben ein Heft bei sich. Ein dicker Strich ist im Heft. Ein Strich für die einsame Krähe, die im Grau fliegt. Ich will weitermähen, da schreien die Kinder. Ein Bussard ist am Himmel aufgetaucht. Er attackiert die Krähe. Sie trudelt. Es sieht schlecht aus für die Krähe. Da erscheint wie aus dem Nichts ein Krähenschwarm. Die angegriffene Krähe stabilisiert ihren Flug. Dann hilft sie den anderen Krähen mit waghalsigen Flugmanövern, den Bussard in die Flucht zu schlagen.

»Weiß die Krähe, dass sie eine Krähe ist?«, fragt meine Älteste.
»Sieht so aus, als wüsste sie, zu wem sie gehört, wenn man sich den Kampf gegen den Bussard anguckt.«
»Und Papa, weiß eine Biene, dass sie eine Biene ist?«, fragt die Mittlere.
»Ich muss mal rein und beim Apfelwein was nachgucken«, sage ich und verschwinde.

In den nächsten Tagen beobachtet meine Tochter, wie eine Krähe eine Nuss öffnet. Sie nimmt die Nuss in den Schnabel, fliegt hoch über die Straße und lässt sie auf den Asphalt fallen. Die Schale zerbricht nicht. Die Krähe wiederholt es, von durchfahrenden Autos unterbrochen, so lange, bis sie ein Mal langsamer ist als ein Auto und das

Auto die Nuss überfährt. Seitdem lässt die Krähe ihre Nüsse immer erst fallen, wenn sie ein Auto sieht.

An einem anderen Tag überrascht die Krähenforscherin eine Gruppe Krähen mit einem toten Kaninchen. Sie fotografiert den zerfledderten Kadaver. Ich überlege, ob es ein Alarmsignal ist, wenn man mit sieben Jahren tote Tiere fotografiert. Ich frage mich, ob die Dokumentation von Gewalt nicht auch ein Einverständnis mit der Gewalt ist. Dieses Schlechte in jeder Kreatur. Obwohl man spürt, dass man besser sein könnte. Dieses Christliche in uns. Dieser Glaube, besser sein zu können, als man ist. Aber Vögel kennen keine Religion.
»Krähen sind Aasfresser«, sagt meine Tochter.

In der dritten Woche des Krähenmonats besucht ein Mitschüler meine Tochter.
»Er ist ein Schwimmer«, stellt sie ihn mir vor.
»Projektleiter Fachgruppe Schwimmen«, sagt er. »Ich bin André.« Die Kinder gehen in den Garten. Unschlüssig stehen sie um das Planschbecken mit Brackwasser herum. In Sekunden streift sich André Hemd und Hose vom Körper und ist im Wasser. Er schnaubt und bewegt sich hastig. Es muss kalt sein, das Wasser. Meine Kinder rufen, »komm aus dem Wasser«, sie schreien um Hilfe. Aber Kopf und Füße des Jungen ragen über das kleine Becken hinaus. »Mach das nicht noch einmal, André«, sage ich und gebe ihm ein Handtuch. »Niemand badet zu dieser Jahreszeit. Benimm dich nicht wie ein Schwachkopf!« André senkt seinen Kopf, so als schäme er sich. Dann erwidert er: »Ich bin Projektleiter Schwimmen! Ich bin kein Schwachkopf!« Bockig hockt er

sich auf den Rasen. Meine Kinder werfen Gras ins Planschbecken. Dann Disteln. Schließlich lassen sie ab von ihm und
spielen Verstecken im Rhododendron. Der Schwachkopf
sitzt wie eine Krähe im Gras. Hockt, die Beine aneinander-
gedrückt, Rücken kerzengerade, Kopf nach vorn gebeugt, als
suche er nach Regenwürmern. Pechmariechen, denke ich.
Wir sind in die Welt gevögelt und können nicht fliegen,
denke ich. Ich mähe meine Bahnen um André herum.

Sanddorn steht am Zaun. Ich stelle den Rasenmäher ab.
»Können Sie in den nächsten drei Wochen bei uns nach
dem Rechten sehen? Weil, wir fahren nach China.« China
betont er, als wäre es die Welt.
»China«, echot meine Tochter, im selben Klang.
André fragt: »Was ist das China?«
»Das volle Programm«, erzählt Sanddorn. »Mauer, Ton-
soldaten, ewige Stadt. Nur Schanghai lassen wir aus. Ma-
chen wir nächstes Jahr! Und Sie? Fahren Sie weg?«
»Wir haben einen Weltatlas zu Hause«, antworte ich. »Da
gibt's eine Karte mit den Raubkapitalismusstaaten der
Erde, und China ist komplett rot eingefärbt.«
»Also gut, dann lasse ich den Schlüssel bei Ihnen!« Ich ni-
cke und schmeiße die Maschine wieder an.

Beim Abendbrot nehme ich meine Älteste beiseite: »André,
das ist kein Freund«, sage ich. »Das ist ein Schwachkopf!
Bei so einem Wetter ins Bassin springen.« Neben uns an
der Heizung gärt der Apfelwein. Regelmäßig entweicht
Gas mit einem Ploppen. »Dieser Junge nimmt das Leben
zu ernst. Projektgruppe Schwimmen heißt nicht, überall
gleich ins Wasser zu gehen.«

»Was ist denn ein Freund, Papa?« Ich denke an die beste Freundin meiner Tochter. Ihre allerbeste Freundin. Die allerallerbeste. Das war im letzten Jahr. Das Mädchen war gerade ins Neubauviertel gezogen. Wo die Häuser schon standen, aber die Küchen erst in einem Monat kamen. Und die Grundstücke nicht sehr groß sind. Und Teile der Siedlung über dem aufgelassenen Friedhof gebaut wurden. Die Siedler wohnen bei den Geistern, sagen wir. Wir, aus den alten Häusern im gewachsenen Stadtteil. Angeblich haben sie den Boden vollständig ausgewechselt und die menschlichen Überreste rausgesiebt. Hier war kein Friedhof. Hier standen Kasernen, sagen die Neusiedler. Jedenfalls gab es keine Küchen dort. Also aß die Freundin täglich bei uns zu Mittag.
Einige Wochen später fragte ich meine Tochter nach ihrer Freundin.

»Wen meinst du?«, fragte sie.
»Na, die Dunkelhaarige, die letzten Monat immer bei uns gegessen hat. Die aus dem Neubauviertel.«
»Die ist wieder weggezogen. Das Geld hat nicht gereicht.«
»Ach so«, staunte ich über ihre Abgeklärtheit.

»Also«, fange ich an, »ein Freund ist einer, der immer für einen einsteht. Der einem Geld leiht, der alles mit einem teilt. Der einen in den Arm nimmt, wenn man traurig ist. Der einen rettet, vor dem Schlechten, das in uns steckt.«
»So wie Mama?«
»Ja, Mama hat viel von einem Freund.«
»Sind Krähen auch Freunde?«
»Wie man's nimmt.«

»Zu Weihnachten wünsche ich mir eine Krähe.« Das habe ich mir schon gedacht, dass so etwas Abseitiges bei dem Krähenprojekt herauskommt.

»Mal sehen«, sage ich, »aber jetzt geht's erst mal ins Bett.« Ich denke, bei Budnikowsky gibt es noch diese Plastikkrähen, die die Balkone taubenfrei halten sollen. Eine Budnikowskykrähe zu Weihnachten. Ich glaube, das wird nicht nur meine Kinder überraschen.

Das Heftchen

Ich habe mir ein kleines Heft gekauft, in das ich eintragen will, was ich über den Tag schaffe. Worin meine Aufgabe besteht. Meine Leistung.

Es ist nämlich so, dass mein Sohn später auch das machen möchte, was ich mache. Nichts. Das erzählt er zurzeit überall herum, und die Leute lachen.

Tatsächlich hat man ja als Schriftsteller irre viel Zeit und man macht nichts, außer schreiben und denken. Und denken und schreiben. Eigentlich ist man ein Gammler. Und dann ist man tot, und nichts bleibt von einem. Ich rufe Henni an.

»Henni, ich will ja nicht stören, aber ich sterbe. Und die Welt wird ohne mich sein.«

»Was erzählst du denn da? Er ist ja noch gar nicht in Sicht, der Tod.«

»Doch, ist er. Ich sehe ihn schon.«

»Lass uns doch bitte über etwas anderes sprechen«, sagt Henni. »Zum Beispiel, dass Öl und Gas dieses Jahr schon wieder teuer geworden sind. Um mehr als das Doppelte.«

»Henni, ich spreche vom Nichts, und du redest von Heizkosten. Merkst du überhaupt noch was?!«

Ich denke, ich bin jemand, der nichts selber schafft, sondern nur so weitermacht, wie es war. Wie ein Biologismus. Wie ein Tier. Ich bin eine Amöbe.

»Bist du noch da?«, fragt Henni.

»Ich bin eine Amöbe«, sage ich. »Aber ich will keine Amöbe sein. Dieser Anspruch, besser zu werden, es besser zu machen, ist evolutionär. Besser werden gibt es überall im Tierreich. Nachtigallen, die Handygeklingel in ihre Balzgesänge integrieren. Giraffen, denen lange Hälse wachsen, damit sie an hoch wachsende Blätter kommen.«

»Nun mal halblang«, sagt Henni. »Vielleicht rufst du nachher noch mal an, wenn du weißt, was du sagen willst.«

»Ist vielleicht besser. Bis dann.« Ich lege auf und kaufe ein. Warum scheint alles, wenn ich zum Beispiel durch die Straßen zum Einkaufen gehe, anzudeuten, dass es darüber womöglich eine hochinteressante Geschichte zu erzählen gäbe, überlege ich. Unter jedem Strauch. Hinter jeder Tür. Und doch würde diese Geschichte nie wirklich gut werden, weil ich viel zu sehr damit beschäftigt bin, statt einer guten Geschichte all das Unbedeutende und Nebensächliche aufzuzählen, aus dem das Leben auch besteht. Zum größten Teil. Ich bin ein zerfaserter Typ, denke ich.

Während ich einen Topf mit Wasser fülle, spielen sie im Radio *Broken Face*, den Song von den Pixies. Ich denke an das ›Sparr‹. Das Lokal, in das ich immer mit meiner Frau ging, bevor sie meine Frau war, und in dem eine Musikbox mit dieser ganzen Indiemusik stand, unter anderem den Pixies. Und ich denke an meine Frau, die sich damals immer die Augen schwarz schminkte und damit, wie ich fand, eine oberflächliche Tiefe gewann. Mit diesen Augen sah sie irgendwie abseitig und versehrt aus, obwohl man das von ihrem sonstigen Erscheinungsbild nicht sagen konnte. Sonst hatte sie nichts Punk- oder Gothicartiges an sich. Das habe ich mir schon oft zurückgewünscht von ihr. Täglich. Dieses tiefgründige Oberflächliche. Meine Jugend. Aber sie sagt jedes Mal, das ist vorbei. Das war einmal. Ich schütte die Spaghetti ins kochende Wasser und denke, dass der größte Schrecken vielleicht das zerstörte Gesicht ist, weil wir durch das Gesicht sehen. Mit dem Gesicht. Schon wenn wir als Neugeborene die Augen öffnen, ist da ein Gesicht. Noch bevor die Welt der Dinge existiert, ist dieses Gesicht da. So ist der Schrecken über das zerstörte Gesicht der Schrecken über den Verlust überhaupt. Die Angst vor dem Nichts. Oder auch das verlorene Antlitz. Ich denke an Dix' Zeichnungen aus den Schützengräben des Ersten Weltkriegs. Ich denke, dass ich mich schon wieder zerfasere, und schrecke die Spaghetti ab.

Nachmittags spielen die Kinder. Ich nehme mein Heftchen und schreibe: ›Bis zum Nachmittag noch nichts geschafft.‹ Dann rufe ich Henni an.

»Die ganze letzte Woche war so schrecklich«, eröffne ich.

»Kannst du nicht mal ›Guten Tag‹ sagen oder wer da überhaupt spricht?«

»Aber du weißt doch, dass ich es bin, Henni. Es fing mit meiner Ältesten an, die ich nach einem Sturz ins Krankenhaus brachte. Am nächsten Tag steckt eine Freundin von ihr ihren Finger in den Anspitzer. Aber gestern war echt der Höhepunkt. Hier sah's aus wie im Splatterfilm. Alles voller Blut. Dem Kleinen ist die Augenbraue geplatzt. Er war Pirat und sein Freund Indianer. Der Freund ein Gesicht aus Blut. Verstehst du, durch die Panik und mit Speichel vermischt. Und meinem Kleinen tropfte Blut aus dem Auge. So sah es jedenfalls aus. Und die Kostüme kann man natürlich vergessen.«

»Ja und –? Pflaster drauf und fertig. Was ist denn los mit dir? Du bist ja immer noch voll neben der Spur.«

»Musste ich ja erst mal suchen, die Pflaster. Die Kinder haben Krankenhaus gespielt. Lag alles irgendwo im Haus rum.«

»Eine Freundin von mir hatte mal einen Hund zu Besuch«, sagt Henni. »Und dem fängt plötzlich die Pfote an zu bluten. Aber so richtig. Die legt 'nen Druckverband an. Plastikbeutel drüber. Aber der ist nach kurzer Zeit so voll, dass das Blut oben rausschwappt.«

»Igitt! Und dann der Geruch, Eisen oder was. Das ganze Haus voll.«

»Blutgeschichten sind echt nichts für mich.«

»Nee, die sind eher was für Frauen.«

»Was sind wir für Weicheier. Ist aber gut gegangen mit dem Hund.«

»Mit den Kindern auch. Also bis bald, Henni.«

Als ich gerade dabei bin, im Heft zu notieren, dass ich den kompletten Tag vertrödelt habe, kommt meine Frau nach Hause.

»Wie war's?«, fragt sie.

»Na ja«, fange ich an, »heute waren alle Themen lose hintereinandergestellt. Keine kausalen Zusammenhänge. Keine Kunst, nirgends. Dabei muss die Kultur im Elternhaus anfangen. Kultur hilft über die Unbilden des Alltags hinweg.«

»Mann, sieh mich mal an.« Ich schaue vom Heft auf und sehe, meine Frau hat sich die Augen angemalt. So wie früher. Und sie hat ihre Unterarme tätowiert. Links ein Pony, rechts ein bunter Clown. Kinderabziehtätowierungen. Wir leben die Vollendung des Scheiterns, aber wir haben die Jugend auf unserer Seite. Zumindest tun wir so als ob.

Die Verbindung
zwischen Jetzt und Morgen

Es sind die ewig gleichen Fragen: Krieg ich mehr Taschengeld? Warum haben wir kein Auto? Können wir fernsehen? Noch dreizehn Jahre. Dann ist der Kleine sechzehn, dann muss er ausziehen. Dreizehn Jahre – das scheint mir eine unendlich lange Zeit, eine Ewigkeit. So wie alles, was noch vor uns liegt und von dem wir naiverweise annehmen, es enthalte unendlich viele Möglichkeiten, obschon es immer nur die Fortsetzung dessen ist, was schon vor Langem begann, ohne dass wir es wussten, sodass wir nicht ausweichen konnten. Wir sollten wissen: Welchen Umweg wir auch nehmen, er führt uns wieder auf den vorgezeichneten Weg zurück. Nicht das Schicksal entscheidet, sondern die Zeit, die bereits hinter uns liegt.

Oder wie es einmal in der Zeitung stand: Wir werden das, was unsere Eltern wollten, was wir werden. Oder die Gene. Es war, glaube ich, ein Artikel über Vererbung. Als ich den Artikel las, erinnerte ich mich an das Bild vom Clown, das im Arbeitszimmer meines Vaters hing. Ich dachte immer, das wäre der unerfüllte Wunsch meines Vaters, aber es war meine Zukunft, die da hing. Dieses Tragikomische des Hausmanns, diese Hoffnungslosigkeit der Erziehung.

Täglich startet man bei null. Nur mit dem Sack voller Improvisationen ausgerüstet, und dann muss man zusehen, wie man durch den Tag kommt.

»Krieg ich jetzt mehr Geld?«, drängelt die Älteste. »Jana und Bella kriegen jede Woche 2 Euro.«
»Fernsehen!«, schreien die beiden anderen.
»Nein, nein, nein!«, brülle ich. »Wir sind kein beschissener Konsumhaushalt. Wir wissen, was wir tun. Wir machen es uns selbst, unser Glück. Und du«, spreche ich die Älteste an, »du könntest ein wenig Flöte üben.« Natürlich weigert sie sich. Der unausweichliche Kampf gegen die Obrigkeit. »Du bist blöd«, schimpft sie. Ich gucke streng, dann wird geflötet. So funktioniert Familie.

Ich gehe in die Küche und schalte das Radio ein. Alles ist besser, als dieses Geflöte zu hören. Wenn die Töne wie Aale durchs Haus glitschen. Ich drehe das Radio lauter. Ich werde zum Kern eines Klangraums. Maximaler lässt sich die Lautstärke nicht regeln. Alles vibriert. Ein Ozean von Lautstärke, so allumfassend, dass er auch Stille sein könnte. So wie man extreme Hitze und extreme Kälte zunächst nicht unterscheiden kann. Ich spüre, wie die Zeit über mich hinweg in die Ewigkeit perlt. Dann ist die Gegenwart schlagartig wieder da: Die Kinder, sie brüllen.

»Schon gut«, beschwichtige ich, »übt mal schön weiter. Ich mach das dann ohne Musik hier.«
Während des Studiums besuchte ich einen Yogakurs. Dort lernte ich, mir vorzustellen, wie ich am Bach sitze und dem Wind lausche. Die Gedanken sind dann nur noch Luftwir-

bel. Ich versuche also alles zu verwirbeln, was von nebenan an meine Ohren aalt. Ich werde eine ordentliche Portion Wind in meinen Kopf lassen. Nachts hänge ich ein Flötistinnenposter ins Kinderzimmer, denke ich. Noch habe ich ganz konkrete Gedanken. Ich hänge gerne Dinge an Wände. Das Poster pinne ich über die Betten, damit die Kinder es beim Aufwachen sofort vor Augen haben. Auch im Traum soll das Flöten in ihr Unterbewusstsein dringen. Es hat ja niemand Lust zu üben, aber Musik ist gut für den Aufbau des Gehirns. Das weiß mittlerweile jeder. Wo bleibt denn mein geistiger Wirbel?, überlege ich. Wie ging das noch mit Yoga? Um mich herum aalt es. Ich denke an die Kinder. Später, wenn sie groß sind, können sie zum Instrument greifen. In unausgeglichenen Momenten. Dann ein paar Töne, und schon sind sie wiederhergestellt. Im Einklang mit der Welt. Müssen nicht am Bach sitzen und sich den Wind vorstellen, so wie ich. Das Leben bekämpfen, es hinunterspülen, ausscheißen, weg damit. Sie flöten einfach, und die Welt strahlt. Hätte ich bloß ein Instrument gelernt. Es kommt kein Wind in mein Hirn, keine Ausgeglichenheit, nirgends. Weil mich mein Vater nachmittags mit in die Schule nahm, statt mich die Flöte spielen zu lassen. Er war Erdkundelehrer. Wir guckten Vulkanfilme. Eine Eruption nach der anderen. Kontinente schoben sich ineinander, Berge zerbarsten, Feuer überall. Ich war der Testgucker für seinen Erdkundeunterricht. »Das Erdinnere, mein Sohn, ist immer noch unerforscht«, sagte er. Also, ich weiß nicht. Ich bin fleißig dabei, Wind zu säen, und ernte Feuer. Ich weiß nicht, ob Yoga für mich das Richtige ist.

Abends kommt meine Frau nach Hause. Irgendetwas läuft nicht im Institut. Sie schmeißt ihren Mantel aufs Sofa und deckt mich mit Abkürzungen ein.

»Ich kann dir nicht helfen«, sage ich. »Ich verstehe nicht, wovon du redest. Ich bin nur Hausmann. Ich muss das nicht können. Aber es wäre schön, wenn es auch mal anders wäre. Andersrum. Du zu Hause mit den Kindern. Und ich, der mit einem schlimmen Problem nach Hause kommt, mürrisch. Ich nähme mir zunächst ein Bier. Was meinst du?«

»Ich gehe ins Bett. Gute Nacht.« Sie verlässt das Zimmer. »Außerdem müssen Handlungen mit der Realität übereinstimmen«, ruft sie die Treppe hinunter. »Die Wahrheit ist: Du bist zu Hause. Und die Wahrheit ist ewig.«

»Nicht unbedingt«, rufe ich zurück. »Was ist schon die Wahrheit? Unser Bewusstsein ist für das Überleben und für die Reproduktion gemacht. Es nimmt die Welt gar nicht so wahr, wie sie wirklich ist. Wir zerlegen das Licht in Farben, die es in Wirklichkeit so nicht gibt. Und wir haben keinen Magnetsinn, obwohl es Magnetismus gibt. Also: Die Objektivität gibt es gar nicht. Die Realität ist ein Hirngespinst. Die Zukunft ist offen. Das Erdinnere ist unerforscht. Der Mars ist noch unbesiedelt.« Aber meine Frau hat keine Lust auf ein Gespräch. Ich höre, wie sie die Badezimmertür schließt. Bestimmt putzt sie ihre Zähne, bis es blutet. Ich gehe zum Kühlschrank und nehme mir ein Bier.

Dann gehe ich mit der Polaroidkamera ins Kinderzimmer. Sie schlafen, die Lieben. Trotz des Geschreis. Flöten strengt an. Ich kann förmlich ihre Hirne wachsen hören. Ich stelle mich vor ihre Betten. Ab und an fotografiere ich sie im Schlaf. Sie sehen tot aus, aber sie leben. Es könnte alles auch anders sein, sage ich mir. Die Wahrheit – ha! Ich habe eine Ecke hinter meinem Bett, wo ich die Fotos ausstelle. Wachsende Tote, heißt die Serie. Es ist humorvoll gemeint.

»Kinder«, flüstere ich in die Dunkelheit, »von euren Traumatisierungen werden wir erst in der Zukunft wissen. Sie entstehen jetzt, vielleicht durch mich, vielleicht durch eure Mutter. Vielleicht aber erwischt euch auch eine Flut oder eine Dürre. Menschliche Urzustände. Kann auch sein, ihr bleibt von allem verschont und lebt dieses öde Leben bis zur Neige. Familie im Vorort. Der moderne Klassiker.«

»Kommst du?«, fragt meine Frau. Sie steht schlaftrunken im Türrahmen. Im Mundwinkel klebt Blut.

»Ja, ich komme.«

Im Schlafzimmer hefte ich die Fotos an die Wand hinter meiner Betthälfte. »Ich bin gespannt, was einmal aus unseren Kindern werden wird«, sage ich zu meiner Frau.

»Ich bin müde«, antwortet sie.

Löffelgrab

Meine Älteste isst keine Butter. Sie isst auch keinen Honig und kein Fleisch. Sie isst gar nichts Tierisches. Auch die Haut toter Tiere lässt sie nicht an ihren Körper. Alles an ihr ist aus Plastik. Ihre Haare stehen die ganze Zeit elektrisiert in die Höhe. »Ich möchte nicht, dass irgendein Lebewesen auf diesem Planeten wegen mir leidet«, sagt sie. Zum Frühstück löffelt sie eine Avocado aus. »Man kann Zahnstocher in den Kern pieken«, sagt sie. »Ihn so über ein Glas Wasser legen, und nach kurzer Zeit hat man eine Avocadopflanze.« Auf ihrem Fensterbrett stehen zwei Dutzend Avocadokerngläser.

»Ist eine Pflanze kein Lebewesen?«, frage ich, als sie mit ihrem Ranzen im Flur steht.
»Du bist doof«, sagt sie und schließt die Tür.
»Wasch deinen Löffel ab!«, rufe ich ihr hinterher.

»Vollgekackt und unordentlich«, schimpft meine Frau. Wir stehen im Arbeitszimmer. Ich mit dem Avocadolöffel in der Hand.
»Es ist allein die Ordnung dessen, der sie angelegt hat«, erwidere ich. Meine Frau will, dass ich mein Zimmer auf-

räume. Sie zeigt auf die beiden afrikanischen Figuren. Das Zentrum des Zimmers. Mann und Frau. Waren im Kult. Meine Frau weiß nicht, was das heißt ›im Kult gewesen zu sein‹. Na ja, die beiden Exponate sind von oben bis unten voller Hühnerkacke. Und voller Hühnerblut. Ich habe ein Zettelchen an ihnen befestigt. ›Meine Eltern‹ steht drauf. Ich schaffe es einfach nicht, aus der Pubertät herauszukommen. Ich bin schon ganz verzweifelt.

»Räum dein Zimmer auf«, sagt meine Frau.
»Das hier ist eine Hommage an das Arbeitszimmer André Bretons. Oder ans Malzimmer Francis Bacons«, erwidere ich.
Sie: »Ein ganzes Zimmer voller Müll. Das gibt's doch nicht. Außerdem riecht es.«
Ich: »Ganze Lobihütten gibt's mit vollgeschissenen Statuen. Alles vollgeschissen. Bis unter die Decke.« Das war jetzt laut. »Schreiben ist mein Religionsersatz«, schiebe ich leise hinterher. »Ich brauche diese Fülle. Du befindest dich in einem Schrein, Frau. Und dein Karma ist schlecht für meinen Schrein.«
»Und du, du bist einfach nur krank«, antwortet sie und lässt mich allein. Ich atme tief durch. Ich habe ihn noch einmal gerettet, meinen Schrein. Obwohl, manchmal verstehe ich mich selbst nicht. Ich setze mich auf einen Bücherhaufen. Überall ineinanderquellende Magazin- und Zeitungsausschnittstapel. Es wirkt, als wäre hier ein Schatz verscharrt. Ein Dutzend Teelöffel sind hier schon verschwunden. Und wir wohnen grade ein paar Jahre hier. Wo die wohl sein mögen? In einem mittelgroßen Hotel verschwinden in einer Woche fünfhundert Teelöffel, stand

in der Zeitung. Von Hotelgästen oder von Angestellten entwendet. Steter Zufluss eines lukrativen Teelöffelhandels. Wir haben weder Hotelgäste noch Angestellte. Aber mein Zimmer ist ein Löffelgrab. Avocadolöffelgrab. Wo ist denn eigentlich der Löffel von vorhin? Mir fällt die Geschichte eines Freundes ein. Er ist eine Art verbeamteter Familiensuperman. Sein jüngster Fall betraf einen Familienvater, der zu Weihnachten einen Karpfen gekauft hatte. Lebend. Aber er konnte ihn nicht töten. Niemand in der Familie sah sich dazu in der Lage. Also lebte der Fisch in der Badewanne, und die Familie begann zu riechen. Im Sommer wurde meinem Freund der Fall übertragen. Er sollte zumindest den Kindern eine Grundhygiene ermöglichen. Und zwar im Geheimen. Denn mit dem Vater konnte man nicht reden. Der kaufte immer weitere Fische. Er sagte, ich bin ein Fischliebhaber. Einmal in der Woche verabredete sich mein Freund mit den Kindern zum Schwimmen. Niemand durchschaute, dass es nicht ums Schwimmen ging, sondern ums Duschen nach dem Schwimmen. Bei meinem Freund geht's immer um Leute, die unfähig sind, ihr Leben zu leben. Davor hatte er über Jahre mit einem deutsch-palästinensischen Autisten zu tun, mit dem er schaukeln ging, um die Eltern für einige Stunden zu entlasten. Der Autistenvater hatte Probleme mit dem Staatsschutz, die deutsche Autistenmutter mit dem Autistenvater. Wenn ich den Jungen abhole, gucke ich immer zuerst, ob er einen Sprenggürtel trägt, erzählte mein Freund. Dieser Freund hatte auch schon der ›Frau ohne Geruch‹ geholfen. Nach einen Unfall war ihr Geruchssinn verschwunden und mit ihm auch ihr Interesse an Mann und Kindern. Die Kinder waren klein und auf ihre Mutter angewiesen. Der Mann liebte seine Frau. Aber ich habe vergessen, was sich mein Freund hat einfallen lassen. Ich glaube, die Familie musste immer bestimmte Farben tragen. Die Farbigkeit hatte für die Frau entscheidende Relevanz gewonnen. Anhand der Kleidung erkannte sie ihre Familienzugehörigkeit und verhielt sich sozial.

Es klingelt. Der Postbote mit einem Paket. Tausend Flaschenöffner. Für Sanddorn, meinen Nachbarn. Ich stelle das Paket in den Flur. Jetzt muss ich mich beeilen. Ich habe noch nichts für das Mittagessen eingekauft.

Während des Essens reicht mir meine Tochter einen DIN-A5-Bogen.
»Das hast alles du geschrieben?«, frage ich.
»Ja, wir schreiben jetzt Geschichten in der Schule. Aber ganz anders als du. Deine Geschichten sind langweilig«, sagt meine Tochter. »In unseren Geschichten gibt es Schätze, die wir finden. Und die Geschichten gehen gut aus. Sie sind spannend. Lies mal.« Ich überfliege den Text. Die Geschichte ist gut. Schatz gesucht und Schatz gefunden. Dazwischen Spannung. ›Schön, schön, schön‹, schreibt meine Älteste. Oder: ›Und dann gehe ich zur Tür. Ich gehe hin. Zur Tür. Ich stelle mich vor die Tür. Schließlich öffne ich sie.‹
Ich überlege, ob man das schon Stil nennen kann. Diese Draußen-vor-der-Tür-Spannung. Aber die Schüler kriegen Lutscher von der Lehrerin, wenn sie eine Seite vollgeschrieben haben, erzählt meine Älteste. Daran liegt's. Zeilenschinderei. Kein Stil. Meine Älteste will auch gar nicht Schriftstellerin werden, weil sie dann kein Geld verdient.

»Du bist ja arm«, sagt sie, »weil in deinen Geschichten nichts passiert.« Ich bin stolz auf sie. Sie wird nicht auf die Lebenslüge ›Künstler‹ hereinfallen. Auf diesen Hauch von Freiheit, und dann sitzt man mittellos da bei Rotwein mit Drehverschluss.

Zum Nachtisch gibt es Joghurt. Wir schlürfen ihn aus den Bechern. ›Teelöffel‹ notiere ich auf meine Einkaufsliste.

Am Nachmittag bin ich im Garten. Blumenzwiebeln setzen. Während ich meine Gummischuhe anziehe, überlege ich, ob wohl auch ein Schatz in unserem Garten vergraben ist. Allerdings, der Boden ist sehr steinig. Nehme ich halt irgendetwas aus der Garage, schmiere Erde dran und sage, ich hätt's ausgegraben. Ich kann auch die Meisenkästen abhängen und für den Frühling ausleeren. Was ist eigentlich das Ziel?, denke ich, als ich auf der Leiter am Baum stehe. So ins Allgemeine, ins Grundsätzliche gedacht. Wohl doch nicht, einen Schatz zu finden? Na ja, die Kästen sind jedenfalls ausgeleert und wieder aufgehängt. Und hier oben ahne ich einen grünen Schimmer im Geäst. Das Leben ist ein ewiger Kreislauf. Gott, Mensch, Tier, Pflanze und wieder von vorne los. Meisenkästen rauf, Meisenkästen runter. Das Nirwana kann warten. Beim Abendessen überrasche ich meine Familie mit dem neuen Teelöffelset, zwanzig Stück, Edelstahl. Jetzt kommt der Frühling.

Von den wichtigen Dingen

»Immer liegst du nur auf dem Sofa und liest«, mault meine Älteste. Es stimmt, ich lege selten die Bücher aus der Hand. Zumeist von außen bedrängt, wie jetzt von den Kindern. Deutlich seltener aus Eigenantrieb, der mir undeutliche Taten imaginiert. Handlungen, die ich, ich weiß es, sobald ich aufgestanden bin, niemals ausführen werde. Also bleibe ich liegen und lese. Ich darf liegen und lesen. Ich war krank. Es wird mir schwerfallen, das Leben aufs Neue in Angriff zu nehmen, denke ich. Seine Unverschämtheiten und dieses abstoßend laute Treiben. Das Lesen führt mich in andere Welten.

»Woher kommt das Wort ›Vergnügen‹?« Meine jüngere Tochter steht am Sofa. Zur Etymologie des Wortes ›Tiger‹ hatte ich noch eine Idee. Tiger, das sei eine Großkatze vom Tigris, römisches Einflussgebiet der Antike, und römisch-lateinisch ist allerlei Kraut und Getier benannt, meinte ich, und mit diesen Wissenssplittern knackte ich den Jackpot. Nun fehlen mir Lust und Idee und Energie, um etwas in meinem Kopf zu finden.
»Keine Ahnung«, antworte ich.
»Du bist doof«, schimpft meine Mittlere und zieht ab.

Mit welcher Kraft würde ich dem Leben begegnen, wenn nicht alles in mir noch unter der Trägheit der Krankheit leiden würde, denke ich. Schließlich war die Möglichkeit des Todes zweifach in mein Innerstes gedrungen. Körperlich ins Herz, seelisch ins Hirn. Meine Mittlere kommt wieder zum Sofa. Diesmal mit einer Muschel.

»Woher kommt das Rauschen?«, fragt sie.

»Die Muschel lag so lange am Meer. Das Rauschen ist mit der Zeit in die Muschel reingewachsen.«

»So wie ein Einsiedlerkrebs?«

»So in etwa«, sage ich, aber wir gucken beide, als wüssten wir nicht, wie das Rauschen in die Muschel gekommen ist. Wie soll sie nur die Schule überstehen, denke ich. Nach den Sommerferien kommt sie in die zweite Klasse, und wir scheitern an den einfachsten Fragen.

Am nächsten Tag fährt meine Frau mit den Kindern zu ihren Eltern. Alle sagen, ich brauche Ruhe. Eine Woche. Schön, so in den Tag zu leben, denke ich. Niemand, der stört. So wäre ein Leben ohne Kinder. So habe ich als Student gelebt. Tief hat diese Zeit in mir gewurzelt, dieses Sich-treiben-Lassen. Alkohol, auf dem Sofa liegen, onanieren. Unendlich langweilig. Unvorstellbar, heute noch so zu leben. Nicht, dass ich jemals so leben wollte wie meine Eltern. Die Eltern haben alles falsch gemacht. Natürlich. Aber irgendwie wirkt mein Leben wie die Doublette des elterlichen Lebens. Haus, Frau, Kinder. Nun denn, warten wir ab, vielleicht haben wir noch einige glückliche Jahre. Warten wir auf die Vorwürfe der Kinder, auf all das Falsche im Leben. Warten wir auf den Tod. Ich muss schon wieder an meine überstandene Krankheit denken. Je mehr ich mich zwinge, nicht an sie zu denken, umso präsenter wird sie. Ich achte auf meinen Herzschlag. Einschläfernd gleichmäßig. Mir fällt ein Traum ein, den ich einer Freundin erzählte. Er geht so:

Ich bin in einem Haus. Das ganze Haus ist knallweiß. Ein Haus ohne Konturen. Und so, wie wenn man nachts im Dunkeln auf dem Weg zur Toilette nirgends aneckt, bewege ich mich sicher durch die Räume. Ich sitze am Kaffeetisch. Weißer Tisch, weiße Decke, weißes Geschirr, weißer Zuckertopf, weißer Teelöffel, weiße Milch. Nur für den Moment, als ich mir Kaffee eingieße, erscheint die Tasse. Ich trinke aus, und die Tasse ist wieder unsichtbar. Hübscher Trick. Plötzlich sind meine Freunde im Raum. Sie müssen weiße Overalls mit Kapuzen tragen, denn ich sehe nur ihre Gesichter. Genauso plötzlich sind sie wieder verschwunden. Wie zuvor die Tasse. Dieser Weiß-in-Weiß-Trick fasziniert mich. Ich gehe in die Küche und öffne die Tür zum Garten. Draußen liegt meterhoch Schnee. Alles ist grellweiß, aber kalt ist es nicht. Für einen Wimpernschlag erscheint das Gesicht meiner Frau im Garten. Dann stehe ich wieder allein in der Tür zum Garten. Es ist doch die Tür, die zu unserem Garten führt, hoffe ich. Ich schaue hinaus und überlege, wo der Walnussbaum steht, wo die Büsche, die Forsythien, wachsen. Der Jasmin, der Rhododendron. Alles kahl und weiß. Ob ich auch weiß bin, überlege ich. Da bin ich aufgewacht.

»Seit deiner Krankheit stilisierst du dich immer so tödlich«, meinte die Freundin, als ich ihr von dem Traum erzählte. »Du lebst doch noch. Sei nicht so selbstmitleidig.«

»Aber —«, antwortete ich. »Wir sind sterblich!«
»Ach nee!«

Abends besucht mich ein Freund. Wie geruhsam ohne
Frau und Kinder. Wir sitzen im Garten und unterhalten
uns über den Stadtteil, so wie er früher war. Läden, die es
nicht mehr gibt. Verstorbene. Der Alte mit dem steifen
Hut. Die Erdbeerfrau. Frau Hansen. Und ob der Rocker
vom Kino noch lebt?

»Er hatte einen baumelnden Ohrring.«
»Das Kino gibt es schon lange nicht mehr.«
»War der nicht tätowiert?«, fragt mein Freund.
»Wieso reicht dir das nicht: Rocker, baumelnder Ohrring,
Kino. Du hast den doch auch gekannt. Ist doch egal, ob der
tätowiert war. Wirbel doch die Vergangenheit nicht immer
auf. Du willst immer so viel über die Personen wissen. Was
weiß man denn zum Beispiel über uns? Wer sitzt denn hier
im Garten? Du, ein typischer Intellektueller, und ich, ein
Rekonvaleszent. Mit rotblondem Schopf. Oder besser: Ich
klein und schwarz, und du der typische Intellektuelle mit
zwei linken Händen. Außerdem sitzt du jetzt im Rollstuhl.
Ist doch egal, wie jemand aussieht, Mensch!«
»Über so 'nen Quatsch will ich mich nicht unterhalten«,
sagt mein Freund. »Ich hoffe, dass er noch lebt, der Rocker
vom Kino.«
»Ich auch.«

Wir trinken Bier und gucken in den Garten.
»Guck mal«, sage ich, »da stehen die Forsythien. Und da
der Rhododendron.« Wir gucken und trinken.

»Tschuldigung, wegen eben«, sage ich. »Ich werde immer sentimentaler. Ich versuche, die Vergangenheit festzuhalten, und darüber entschwindet mir die Gegenwart. Am liebsten würde ich das ›Jetzt‹ in Gelee gießen. Ich bin so konservativ, dass ich mich selbst nicht mehr mag. Allerdings erinnere ich nur das Unwichtige. Die unverschlossene Zahnpastatube, die Haare auf dem Wannenrand. Den Bimsstein, der seit Jahren unverändert am Haken hängt, und den grauen Schatten dahinter, der mich an die wuseligen Maden an der Rückseite der toten Amsel erinnert. Ihre Beine wirkten verdreht, ein Flügel stand ab, aber sonst sah sie von vorne intakt aus, wenn auch die Augen schon ausgebissen waren. Die ganzen Alltäglichkeiten fallen mir ein. Meine Frau meint, wenn ich vor ihr sterbe, verkauft sie den Garten, weil sie diese ganze Masse toter Tiere nicht entsorgen kann. Stell dir mal den Garten nach meiner Beerdigung vor: voller verwesender Eichhörnchen, Amseln und Maulwürfe – ein Golgatha der Kleintiere.«

»Igitt«, sagt mein Freund.

»Wie stellst du dir denn ein Leben nach dem Tod vor?«

»Weiß nicht.«

»Meinst du, dass da irgendwas kommt?«

»Weiß nicht.«

Nachts wache ich auf. Ich überlege, wie oft meine Frau noch über die Witze lachen wird, die ich ihr seit fünfzehn Jahren erzähle. Fünfzehn Jahre kann man sich nicht vorstellen. Und es sind nur eine Handvoll Witze. Und wie lange mag ich noch ihre Geste, dieses ›Hoppsa schöner Mann‹? Eine Geste, die frisch wirken soll und die sie mit dem ganzen Körper ausführt. Und wie oft werden wir noch miteinander schlafen? Bis zum Ende. Bis es nicht mehr auszuhalten ist. Es nicht mehr geht. Er nicht mehr steht. Ich grinse anzüglich. Obwohl ich alleine bin. Außerdem war es nur ein Gedanke. Nichts Echtes. Und im Dunkeln.

Ich gehe ins Wohnzimmer. Nur weil die Dinge schon lange da sind, deshalb liebt man sie, denke ich. Das Sofa von Oma. Der abgetretene Teppich im Durchgangszimmer. Straßenplan meiner Spielzeugautos. Der Blick auf die alten Dinge erleuchtet die Kindheit, die wir stets im Dunkeln mit uns tragen. Wie funktioniert Kindheit?, frage ich mich. Dieses Ungebändigte, Ziellose, Angstdurchsickerte. Ich sollte mir einen Kaffee kochen. Ich bin wach. Auf dem Weg in die Küche falle ich über das Playmobil-Drachenschiff von meinem Kleinen.

Morgens habe ich immer noch den Tod im Kopf. Ich finde die Vorstellung des Nichts einfach empörend. Ich bin Atheist, obwohl ich das Wort nicht mag. Ich kann immer nur Teilaspekte vom Glauben glauben. Nicht das große Ganze.
Wenn ich ganz ehrlich mit mir bin, bestehe ich nur aus Angst. Aus gerade noch kontrollierbarer Angst. Da könnte mir doch der Glaube ein bisschen helfen. Streng dich doch mal an, motiviere ich mich.

Am letzten Kindergartentag hatte ich mich mit meinem Kleinen unterhalten. Wir fuhren mit unseren Rädern nach Hause. Er auf dem Gehweg, ich auf der Straße.
»Müssen wir sterben?«, hatte er mich über die parkenden Autos hinweg gefragt.

»Alles stirbt«, anwortete ich. Wegen seiner Größe war er immer nur für Sekundenbruchteile zwischen den Autos zu sehen. Er ist gerade vier Jahre alt geworden.

Er: »Gott auch?«

Ich: »Nein.«

Nach einer Pause wieder er: »Dann muss Gott tot sein, damit wir leben können.«

Ich muss an ihn denken, während ich den Tag damit zubringe, Bücher zu sortieren. Nur nicht immerzu an den Tod denken. Lieber noch das Leben ordnen.

Dann ist die Woche um und meine Familie wieder da.

»Papa, komm mal!«, ruft mich die Älteste. »Papa, ich hab mir mit Oma und Opa was überlegt.«

»Was denn?«

»Dass das Leben nur wie ein Traum ist. Erst ist man ganz lange nicht, dann lebt man kurz, und dann ist man tot im Nichts oder irgendwo. Das Leben ist nur wie geträumt.«

»Müssen denn hier im Haus alle nur immerzu an den Tod denken? Wir leben doch jetzt! Also, wie war eure Reise? Wart ihr im Schwimmbad? Was habt ihr gemacht?«

»Papa, ich muss jetzt schlafen. Frag nicht immer so banales Zeug. Frag mal was Richtiges. Manchmal bist du echt so einfältig wie Homer Simpson.«

»Aber gelb bin ich nicht. Das ist doch schon mal was. Gute Nacht.«

Serviettentricks

Hinter den Fenstern des Waldschlösschens ist endlich wieder Leben. Frau Hansens Kinder haben das Haus verkauft. Fachwerktürmchen, Balkone und zur Straße hin ein verwunschener Tannenhain. Es ist das schönste Haus in unserer Straße. Auf der linken Seite grenzt es an den Park mit dem See. Hinten schaut man auf die Brandmauern des Hypermarkts, aber der Blick von der Straße ist unschlagbar. Hätten wir nur so ein Haus, denke ich. Ein Schloss. Meine Frau sagt, uns geht es doch gut. Aber ich platze vor Neugier. Montagmorgen mache ich einen Antrittsbesuch.

Ein Mann öffnet die Tür. »Ich bin Clemens«, stellt er sich vor. Schwul, denke ich. Ich kann das riechen. Traditionsgemäß übergebe ich Brot und Salz. Alle Türen stehen offen. Vom Eingang kann ich den Hypermarkt sehen. Im hinteren Zimmer spielt ein Mann im Bademantel Klavier. Unter dem Mantel ist er nackt, denke ich.

»Wollen Sie nicht reinkommen?«
Clemens geht ins Wohnzimmer. Es riecht nach Kaffee. Auf der Bank neben dem Pianisten steht eine Kaffee-

maschine. »Wir trinken beide exzessiv«, sagt Clemens und reicht mir eine Tasse.

»Mir auch«, sagt der Klavierspieler. »Und koch neu!« Seine Bank ist voller Kaffeepulver.

»Jojo kommt aus Fürth. Er ist gelernter Feinmechaniker«, sagt Clemens. Er bietet mir einen Platz auf der Couch an. Der Raum daneben ist schwarz abgehängt. An der Wand gegenüber hängt ein Flachbildschirm. Das Klavierspiel bricht ab.

»Hi«, begrüßt mich Jojo und lässt sich auf die Couch fallen. »Und was machen Sie so?«

»Ich bin Hausmann. Frau und drei Kinder. Wir wohnen gegenüber.«

»Interessant!« Clemens nickt.

»Und Sie?«, frage ich.

»Drehbuchautoren«, sagt Clemens. »Wir sitzen gerade an einer Soap für Helmut Berger.« Schwulenpornos, denke ich.

»Wollen Sie mal sehen?«, fragt Jojo.

»Drehbücher, Showformate, Dokumentationen. Wir machen alles«, ergänzt Clemens.

»Interessant«, sage ich.

»Meistens nur Schnulzen. Was man uns Schwulen beim Fernsehen so zutraut«, erklärt er.

Auf dem Flatscreen erscheint ein behaarter Typ im Slip, der aus einem Schweinekoben trinkt. Genau das, was ich mir gedacht habe.

»Kennen Sie Helmut Berger persönlich?«, frage ich.

»Der Helmut ist ein charmantes Arschloch«, meint Jojo. »Den muss man nicht kennen.« Er wechselt die DVD.

»Danke für den Kaffee. Ich muss jetzt ans Mittagessen. Die Kinder kommen gleich. Wollte mich nur mal vorstellen.«
»Ja, sehr nett. Auf gute Nachbarschaft«, verabschieden sie mich an der Tür.

Dem letzten Schwulen bin ich beim zwanzigjährigen Klassentreffen begegnet, überlege ich. Bei Petersen wusste man das schon zu Schulzeiten. Der hat aus Spaß Biografien gelesen, immer die falsche Musik gehört und dazu auch noch getanzt. Außerdem wurde er als einziger Junge von Swantje eingeladen. Superwoman in Leggings und engen T-Shirts. Auf den Armen ein heller Haarflaum. »Petersen kann immer auf einen Kakao zu mir kommen«, sagte sie mit gespielt anzüglichem Augenaufschlag. Darauf Petersen: »Ja, Swantje«, Lächeln, schräg gestellter Kopf. Total schwul halt. Von Petersen hatte sie nichts zu befürchten. Wusste jeder. Trotzdem war ich eifersüchtig. Jeder hätte gern mit Swantje.

Es gibt einen herrlichen Abend nach diesem Tag. Alle Welt lustwandelt im Park am schönen Seeufer entlang, unter den großblättrigen Bäumen. Wenn man hier, unter so vielen aufgeräumten, leise plaudernden Menschen, spaziert, fühlt man sich in ein Märchen versetzt. Weit hinten lodert die Stadt im Feuer der untergehenden Sonne, später hebt sie sich dunkel vor dem noch leuchtenden Abendhimmel ab. Der See glitzert im Dunkel, und die vielen Lichter schimmern im Wasser. Wundervoll sieht das aus. Und wenn man über die Brücke geht, sieht man unten die Boote. Mädchen in hellen Kleidern sitzen in ihnen. Ihre Stimmen mischen sich mit dem Geräusch der Wellen und verlieren sich im Schwarz, werden immer leiser, dunkel und herzergreifend. Die Nacht wird noch größer und tiefer dadurch. Am Ufer schimmern die Lichter des Waldschlösschens herüber, als wären es glühende Kohlen. Das große dunkle Rund des Nachthimmels breitet sich über dem See aus. Er bekommt etwas Raumloses. Wir singen *La Mer*. Meine Frau Sopran, ich Bass, die Kinder zwischenrein. Überall sitzen dicht gedrängt stille Menschen. Als wir enden, klatschen sie begeistert. Auch an flatterhaften Wesen fehlt es nicht, Frauen, und Männer, die nur diese im Auge behalten und hinter ihnen hergehen, einige Schritte zögernd, dann wieder ein Stück hervorstürmend, bis sie dann endlich den Mut finden, sie anzusprechen. Es finden sich natürlich auch die Neuen unserer Straße ein. Clemens und Jojo und noch eine dritte Person, die etwas Tierisches an sich hat. Als wir sie unter einer Laterne treffen, erkennen wir, es ist ein Riesenschnauzer. Wir wünschen uns einen guten Abend. Dann kommt der schönste Moment: Im Dunkel nimmt meine Frau meine Hand. Nur sie und ich, niemand, der etwas davon mitbekommt. Diese schmale kühle Hand, mit der sie mich schon tausend Mal gefasst hat.

Jemand hat uns mal eine DVD geschenkt. Aber wir haben weder einen DVD-Player noch einen modernen Fernseher. Der mit schwarzem Molton abgehängte Raum. Dark Room oder was. Ob da der Dritte von gestern am See? Ach nee, überlege ich. Clemens und Jojo sind ein wenig überrascht, dass ich schon wieder klingele. Beide sind vollständig angezogen. Auch sonst ist alles ganz ruhig. Nur die Kaffeemaschine arbeitet. »Ihr habt doch DVD«, zeige ich den Film. Clemens ist begeistert: »Oh Mann! Ich war neunzehn, da hab ich *Eraserhead* zum ersten Mal gesehen. Eigentlich wollte ich 'ne Bar aufmachen. Da, wo es immer warm ist. Immer Leute um einen, die dafür zahlen, dass man sich mit ihnen betrinkt. Paradies auf Erden. Aber stattdessen hab ich in einem Hotel in Barcelona gejobbt. Im Hotelfernsehkanal haben sie den gezeigt. Da liefen nur seltsame Filme. Almodóvar und so. Ich hab den, glaub ich, zwei Dutzend Mal gesehen. Hab hauptsächlich ferngeguckt in Barcelona und die angebrochenen Flaschen mitgehen lassen. Hatte rauschende Nächte mit den Jungs von der Straße. Jojo hat mich irgendwann im Raval aufgegabelt. Er fand das mit der Bar auch gut. Sein Vater ist Jemenit. Da lag der Jemen nahe. Eine Bar direkt am Strand, wo man Wellenreiten konnte, besser als in Tarifa. Aber Jemen, das war die Härte. Weil der Jemen sozialistisch ist, weiß man nie, ob die Ware kommt. Touristen lassen sie auch keine ins Land. Und man hat ständig einen Geheimpolizisten auf einem Kamel an der Seite. Und die Jemeniten sind arm und können sich den Alkohol nicht leisten. Dürfen ja offiziell auch gar nicht trinken. Und schlussendlich kommt man als Schwuler in den Knast. Also sind wir wieder weg.«

»Ich finde Lynch blöd«, sagt Jojo. »Aber guckt mal schön.« Er verschwindet. Wir gucken *Eraserhead.* Dauert ganz schön lange.
»Wollen wir uns nicht duzen?«, fragt Clemens an der Tür. »Deine Frau spielt doch Geige? Wir haben sie durchs Fenster gesehen. Vielleicht können Jojo und sie mal ein Duett spielen?«

»Ich werd sie fragen. Aber nur, wenn wir mal hinter den Vorhang gucken dürfen.«

»Willst du jetzt?«

»Nee, war 'n Witz. Ich muss rüber, Mittagessen.« Obwohl ich gar keinen Hunger habe nach dem Film.

»Na, heute schon zu Hause gewesen?«, fragt Clemens am Abend. Meine Frau zeigt auf ihren Geigenkoffer. Aus dem Wohnzimmer kommt wieder Klaviermusik. Und Jojo wieder im Bademantel.

»Ein Duett gefällig?«, fragt Jojo. Er wühlt in den Blättern, die auf dem Klavierdeckel liegen. »Um den in schwul und hetero geteilten Kosmos zusammenzufügen? Mozart?« Während meine Frau die Geige auspackt, nehme ich ein Buch aus dem Regal. ›Der Hoden. Vom Rausnehmen und Wiedereinsetzen. Von Hubert Fichte‹ lese ich. Auf dem Cover ist ein Foto von einem geschminkten, bärtigen Mann in einem gewaltigen Pelzmantel.

»Verkleiden ist scheiße«, sagt Jojo, als ich das Buch zurückstelle. Er spielt die Melodie. »Tunten und Drags sind das Allerletzte!«, sagt er in den Mozart hinein. Als das Stück durchgespielt ist, erklärt Clemens: »Jojo war mal Dragqueen-Chauffeur, als er neu war in Hamburg.«

»Was findest du nicht scheiße?«, frage ich.

»Gummi!«, springt Jojo auf. Sein geöffneter Bademantel gibt den Blick auf eine salatgrüne Unterhose frei.

»Was guckt ihr denn so? Bin ich zu dick?«

»So eine hab ich auch«, zeige ich auf die Unterhose.

»Immer jung sein kann so anstrengend sein«, sagt er stöhnend. »Alt sein, das wär's. Früher habe ich die Sachen vom Opa getragen. War aber auch nur ein Versteckspiel.«

»Wir haben auch für das ganze Mittelalter von 25 bis 75 keine Lebensvorstellung, wenn du das meinst«, sage ich und gucke zu meiner Frau. »Und wir sind schon mittendrin.«

»Wie werden wir im Alter leben?«, fragt Clemens. »Enkelkinder wird's nicht geben.«

»Wir haben Kinder. Wir könnten uns am See treffen«, sagt meine Frau.

»Und wir werden uns unsere Leben wie freundliche Außerirdische ansehen«, sagt Jojo.

»Und uns Mehl und Eier leihen«, lacht Clemens.

»Und zu den Cramps gehen. Da tanzen Frauen nackt in Käfigen«, sage ich. Die drei gucken Löcher in den Raum.

»Bis einer wegzieht«, macht Clemens weiter.

»Oder stirbt«, sagt meine Frau. Sie sieht mich an.

»Übrigens, das ist Karl«, sagt Jojo und öffnet den Vorhang. Ketten, Gummikissen und verschiedene Gummiutensilien. Und mittendrin der Riesenschnauzer. »So, jetzt ist ja alles klar«, lacht Jojo.

»Wir hören dein Lachen bis in den Vorgarten. Und die Ketten«, sagt meine Frau. Dann will sie rüber. Weil es schon spät ist.

Clemens legt mir die Hand auf die Schulter. »Der hier bleibt noch ein wenig«, sagt er. Jojo stellt einen Karton Underberg auf den Tisch. »Man soll trinken, wenn man fröhlich ist. Erstes Trinkspiel«, sagt er. Jeder bekommt fünf Fläschchen und eine Serviette. Wir trinken. Die beiden benutzen dauernd ihre Servietten. »Schwules Gehabe«, schimpfe ich und mache Schwulenwitze. »Wenn du nicht artig bist, musst du rüber«, droht Jojo. Wir lachen uns schlapp. »Noch ein Fläschchen«, sagt Clemens und öffnet den zweiten Karton. Er wischt sich den Mund ab. Dann klingelt meine Frau.

»Du kommst immer, wenn's am schönsten ist. Wär ich schwul, würd ich mit Jojo zusammenleben«, lalle ich. »Oder mit Clemens. Prost!«

»Tschuldigung«, sagt Jojo zu meiner Frau. »Der Serviettentrick – trinken und den Alkohol in die Serviette spucken. Hat er nicht verstanden.«

»Ihr seid nicht mehr zwanzig«, schimpft meine Frau.

»Man wird in eine Kiste geworfen und muss damit auskommen«, leiere ich, als es über die Straße geht. »Also quasi tot auf die Welt gekommen. Das ist meine Beckettsche Grundüberzeugung. Keine Entwicklung. Entwicklung ist ein Ausflug in die Hölle.«

»Komm endlich rein«, drängelt meine Frau.

Nachmittags zeige ich den Kindern den Hund.

»Wofür ist das?«, fragt meine Älteste. Sie hält sich Gummimasken und Maulkörbe vors Gesicht. »Kommen die aus Afrika wie deine Masken?«

»In Afrika sind alle Menschen schwarz«, belehrt uns die Mittlere. Sie ist schon in der zweiten Klasse. Ich sage, sie soll sich melden, bevor sie etwas sagt. Aber sie kapiert es nicht.

»Warum?«, fragt der Kleine. Dieses ständige Welterklären, obwohl man die Welt selbst nicht versteht.

»Ich gehe jetzt mit Clemens Bötchen fahren. Kommt wer mit?«, fragt Jojo. Er macht es richtig.

»Und Karl?«, fragen die Kinder.

Wieder zu Hause nötigen die Kinder Jojo, die Masken anzusehen. Bis dem Kleinen eine auf dem Boden zersplittert. Ich brülle Verwünschungen. Die Kinder lassen sich taubenhaft aus dem Zimmer treiben.

»Täglich trage ich zentnerweise Zeug in ihre Zimmer«, schimpfe ich. »Liegt überall. Nur nicht da, wo es hingehört. Säckeweise Spielzeug. Manchmal nehme ich auch die Kinder auf die Schultern. Ich hätte Kohlenhändler werden sollen. Ich bin kräftig und kopfrechenstark.«

»Ruhig«, sagt Jojo und hilft mir, Scherben aufzusammeln.

»Warum hast du Clemens im Boot geküsst?«, fragt die Älteste vom Türrahmen. »Wo ist deine Frau? Können wir mit Karl Gassi gehen, Papa?«

»Im Leben gibt's keine eindimensionalen Antworten«, antwortet Jojo. »Was meinst du?«, fragt er mich.

»Na los! Nehmt Karl und haut ab.«

»Was ist denn los? Du bist so unruhig«, sagt meine Frau abends im Bett.

»Was hältst du denn von den beiden?«

»Die sind doch nett«, meint sie.

»Und? Passen die hierher?«

»Was redest du denn?«

»Und die Kinder?«, frage ich. »Wenn die nun schwul werden?«

»Schwul sein ist doch nicht ansteckend.«

»Scheißliberale!«, sage ich. »Und was, wenn?!«

»Weiß ich auch nicht. Schlaf jetzt.«

»Sagst du so einfach.«

Der verrückte Hutmacher

»Bei Gott! Was für ein Langweiler!«, schimpfe ich, als ich den adrett gekleideten Mann sehe, der das Haus neben dem Waldschlösschen gekauft hat. Unser Stadtteil ist die Speerspitze des demografischen Wandels. Und die Immobilienpreise steigen in absurde Höhen. »Niemand, dem ich je begegnet bin, scheint mir so augenfällig drittklassig zu sein. Und diese armselige Kreatur wohnt ab jetzt auch noch in unserer Straße. Bestimmt wird sie Tag und Nacht kopulieren, um eine Menge kleiner Vorstädter zu produzieren. Dieses Haus dort wird noch lange nach seinem Tod nach getrocknetem Samen stinken. Ein Typ, unappetitlich wie Hammelfett.«

»Papa, fluch nicht so viel«, sagt meine Älteste. »Außerdem müssen wir los. Es ist Montag. Wir müssen zum Turnen.«
»Wo hast du nur so zu fluchen gelernt?«, fragt die Mittlere. Die *Goats Head Soup*-CD der Stones läuft auf meinem iPod. Erklärt das meine Assoziationen zum Neuzuzug? Und wieso ziehen immer nur diese Leute her? Lehrer, Filialleiter, Juristen, Ärzte, Handwerksmeister. Mittelschichtsud. Wo leben all die Verrückten und Künstler? Gut, dass wenigstens Clemens und Jojo gegenüber woh-

nen, mit denen ich ab und an einen trinken kann. Auf die Stones folgen die Stranglers mit *Mad Hatter*. In meinem iPod steckt der Soundtrack zu Rahlstedt. Die Musik ist das Fundament meiner Wahrnehmung. Sie erdet. Sie verbindet. Und plötzlich passt alles zusammen. Als ich die Fahrräder aus der Garage hole, winke ich dem Neurahlstedter und stelle mir den Rollstuhl vor, in dem seine gedemütigte und geschlagene Frau saß, bevor er sie ermordete. *Die Fantome des Hutmachers*. Der adrett Gekleidete mutiert zum Chabroldarsteller. Ich baue mir meine eigene Welt voll mit Abseitigkeiten und Geheimnissen.

Neben mir macht mein Sohn lautlos den Mund auf und zu.
»Was sagst du?«, frage ich und nehme die Stöpsel aus den Ohren.
»Ich will nicht Fahrradfahrer werden wie du!«, ruft mein Sohn mir vom Bürgersteig aus zu. Grade lobte ich die Kinder, weil sie so sicher fahren. Der Kleine ist erst vier, aber er fährt freihändig wie ein Alter. Auch ich breite meine Arme aus. »Die Freiheit auf dem Rücken des Drahtesels«, rufe ich.
»PAPA!«, sagen die beiden Mädchen. »Wir sind keine mongolische Reiterhorde. Wir haben Schaumstoffsättel und Lenker, Papa!«
»Ich will Rennfahrer ...«, sagt mein Sohn.
»Ja, ja«, sage ich und stöpsel mich wieder ein. Passend zu meiner Stimmung und zum Wochentag beginnen die Boomtown Rats mit *I Don't Like Mondays*. Wir biegen ins alte Kasernengelände ein. Zwischen die Kasernenklötze haben sie Neubauten gesetzt. Das Neubauviertel ist die aus

dem Boden gestampfte Rahlstedter Boomtown. So min-
derwertig wie die Menschen aus Lehm, die Gott geknetet
und wieder verworfen hatte.

»Nach links«, dirigiere ich die Kinder. »Die Turnhalle ist
links.« Immer diese Bringdienste. Kindergarten, Kinderge-
burtstag, Kinderturnen. Tage auf dem Fahrrad. Wie ent-
spannend war da das Wochenende. Wir ruderten auf dem
See. Ich ruderte unter die Weiden am Ufer und brauchte
eine Weile, bis wir wieder Himmel über uns hatten. So
ungeschickt wie Käptn Haddock, sagten die Kinder und
lachten. Als sie Haddock sagten, erinnerte ich mich nach
Ewigkeiten wieder an den Seemann. Den Seemann traf ich
1990 auf der Straße. Da war ich Mitte zwanzig und lebte
auf dem Dulsberg, einem in den 1920ern erbauten Arbei-
terstadtteil im Osten Hamburgs. Der Seemann trug eine
Fleetschiffermütze, wie Helmut Schmidt. Aber den mochte der Seemann nicht. Man hatte ihm seine Brieftasche
geklaut. Bis er seine Papiere wieder zusammenhatte,
schlüpfte er bei mir unter. Es wurden sechs Wochen. Der
Seemann war klein. Er hatte Nikotinfinger und einen
gelbgrau gestreiften Schnurrbart. Und natürlich Tätowie-
rungen: Auf dem Brustkorb fuhr ein Dreimaster, auf dem
Bizeps umrahmte ein Herz zwei schwarze Balken, die die
Namen seiner beiden Verflossenen verdeckten. Von der
linken Wade lächelte Minnie Maus. Wie die Maus da
hingekommen war, wollte er mir nicht sagen. Abends
tranken wir. Dann kam er ins Erzählen. Erzählte von der
Einsamkeit des Seefahrerlebens. Vom Schanghaitwerden in
Marseille. Und von den darauffolgenden zehn Jahren in
der Fremdenlegion. Vom Krieg im Sudan, der nie ein offi-

zieller Krieg war. Jedenfalls nicht für Frankreich, zu dem
die Fremdenlegion gehörte.
»Wenn's gut läuft, läuft's, wenn nicht, dann distanzieren
sich die Franzosen. Alles Schweine. Einmal haben sie mich
hinter der Front aufgespürt und mir die Achillesfersen
durchgeschnitten. Ich bin kilometerweit durch die Wüste
bis zur nächsten Siedlung gekrochen. Ein Seemann kennt
die Sterne, Junge. Damit haben sie nicht gerechnet«, erzählte er. Er sagte, dass er den Soldaten, der ihn betrunken
gemacht und so in die Legion gebracht hatte, bei einem
Nachtmanöver erschossen hatte. Er erklärte mir die wich-
tigsten Sternbilder. Wir übten das Abrollen beim Fall-
schirmabsprung vom Sofa, bis sich die Nachbarn über den
Lärm beschwerten. In einer Nacht schließlich, volltrunken,
erzählte er mir, die Maus hätten sie ihm in der Fremdenlegion verpasst. Wegen seinem Bart und seiner Gewandtheit.
Ich wusste nie, was ich ihm glauben konnte. Jedenfalls
hatte er grauenhafte Narben an den Fersen.

Der Seemann fluchte so stark und so viel wie kein anderer
Mensch, den ich je traf. Ein Mensch mit so viel Wut in
sich, dass sie quasi aus ihm herausdampfte.

Aber wenn Pferde im Fernsehen auftauchten, sollte ich still
sein. Western waren sein Liebstes. Dann imitierte ich seinen Gang und lachte über seine Liebe. Ich taufte ihn See-
pferdchen. Er belegte mich mit Schimpfworten, aber aufs
Maul hauen wollte er mir nicht. Das hob er sich für einen
meiner Freunde auf. Für Henni. Der lud damals regelmäßig zum Essen ein: Studenten, Künstler. Und Henni
missfiel, dass der Seemann und ich betrunken bei ihm er-

schienen. Schon in der Tür waren sie sich nicht grün. Als
aufgetischt wurde, sagte der Seemann: »Von diesem Fraß
ess ich nichts.« Zum Dessert gab es intellektuelle Gesprä-
che. Der Seemann trank und fluchte. Schließlich flogen
wir raus, und der Seemann hatte seine Mütze vergessen.
Ich sollte sie wiederholen. Von deinem schwanzlutschen-
den Studentenfreund, sagte er. Ist mir wurscht, deine
Mütze, antwortete ich. Ein paar Tage darauf feierte der
Seemann seinen 50. Geburtstag in meiner Wohnung. Die
50 glaubte ich ihm mal wieder nicht. »Du siehst aus wie
65«, sagte ich. Allerdings stimmten Jahr und Tag im neu
ausgestellten Pass, den er mir entgegenstreckte. »Lad deine
Freunde ein«, sagte er. »Ich habe keine.« – »Und der
Schwanzlutscher soll meine Mütze mitbringen.« Der Seemann kaufte Getränke und sorgte für Musik. Mit seiner
Gitarre saß er auf einem Bierkastenturm. Flaschenbier,
Jungs, sagte er, als hätten wir noch nie welches gesehen.
Die Stimmung war durchwachsen, aber der Seemann
wirkte glücklich mit seiner Helmut-Schmidt-Mütze auf
dem Kopf. Er spielte, bis es dämmerte. Es war sein Abschied. Zwei Tage später war er wieder aus meinem Leben
verschwunden.

Wir haben die Turnhalle erreicht. In der Umkleide wälzt
sich ein Junge auf dem Boden. Seine Kleidung ist woll-
mäuseübersät. »Trotz«, sagt die Sportlehrerin und zuckt
mit den Schultern. Ich setze mich auf die Bank. Meine
Kinder turnen. Ich denke an den Seemann, an die Stranglers, die damals meine Lieblingsband waren, und an
Philippe Djian, der die Band in seinem Erzählungsband
Krokodile erwähnte. In *Krokodile* gibt es eine Szene, in der

der Icherzähler im Auto vor einem Supermarkt in Biarritz sitzt, die Stranglers im Autoradio hört, als die Musik unterbrochen wird, weil Richard Brautigan gerade gestorben ist. Brautigan war ein amerikanischer Schriftsteller, der Geschichten über Scheunen voller Glühbirnen schrieb: *Der Tokio-Montana-Express*. Ich erinnere mich, wie ich dem Seemann von Brautigan vorschwärmte. »Alles Scheiße!«, antwortete er. Und von seinem Blickwinkel aus hatte er wohl recht. Erst jetzt fällt mir auf, dass kein Radioprogramm der Welt die Musik unterbrechen würde, um den Tod eines beinahe vergessenen Autors zu verkünden.

Wieder zu Hause fragt mein Sohn: »Was ist Glück?« Ich schraube ein Honigglas auf und lege es auf die Seite, sodass der Honig wie ein goldener Vorhang über die Tischkante auf den Boden fließt.
»Ein Honigfall«, sage ich. Ich halte einen Finger hinein.
»Wir können vom Glück kosten, aber festhalten können wir es nicht. Das Glück ist in etwa so wie das hier mit dem Honig.«
»Schimpft Mama da nicht?«

Als meine Frau am Abend nach Hause kommt, fragt sie als Erstes, ob noch Käse im Kühlschrank ist. Und gleich danach: »Leben die Kinder noch?« Ich beruhige sie.
»Was klebt denn hier so?«, fragt sie, als sie die Küche betritt.
»Das Glück. Es geht darum, Menschen aus dem Nachwuchs zu machen: Man muss herausfinden, wer man ist und warum dieses Ringen um die eigene Identität die Voraussetzung für Glück und Kreativität ist.«

»Und das sieht dann so aus?!«, fragt meine Frau und zeigt auf den Boden.

»Das Glück ist unübersichtlich. Man kann nicht wissen, wo es ist.«

»Dein Glück ist einfach nur Chaos. Überall Zettel und Zeugs!«

Ich bin ein Voyeur, denke ich nachts im Bett. Ich gucke mir gerne das Leben anderer Leute an und denke mir meinen Teil. Ich bin wie ein Tourist, der sich Menschen anguckt. Entweder fahre ich herum, oder die Leute kommen zu mir. Es gibt nur uns, den Menschen und viele Möglichkeiten. Ich lecke mir die Finger. Sie schmecken nach Glück. Dann schalte ich den iPod an und lasse *Sailing* als Endlosschleife laufen. Rod Stewart ist unerträglich, aber dieses eine Lied mag ich wirklich gerne.

Dr. Graf

Wie ein langer, ruhiger Fluss strömt ein weiterer Rahlstedter Tag dem Abend entgegen. Ich habe den Pflanzen beim Wachsen zugesehen, wie ihr Grün vom goldenen Licht der untergehenden Sonne überzogen wurde. Die Kinder saßen frisch gescheitelt auf dem Sofa und übten das Rezitieren von Schillers *Taucher*. Brav wiederholten sie: ›Verschlungen schon hat ihn der schwarze Mund.‹ Nun am Abend warten wir darauf, dass meine Frau nach Hause kommt. Es klingelt. Vor der Tür steht so abgerissen und riechend wie immer der alte Herr Herms, der sich durch allerlei Abwegigkeiten in unsere Herzen redet.

»Beim Sanddorn kommen Menschen aus dem Automaten«, sagt er. Eigentlich betreiben mein Freund Henni und ich diese Art analytischer Alltagserforschung, will ich antworten. Und jeder weiß doch, dass die Menschen, die sich im betonierten Vorgarten unseres Stadtteilgetränkehändlers Sanddorn ihre Rationen am Automaten holen, keine Normmenschen sind. Ja, diese Prozente ziehenden Automatiker im Nachtschatten des Getränkelagers, denke ich. Jeder weiß doch, dass Herr Herms einer von ihnen ist und die Münzen aus seiner Blechdose im Automaten versenkt.

»Aber es sind Menschen, die zum Automaten kommen, nicht aus ihm heraus«, sage ich.

»Neulich war da so ein Kleiner mit Brille. Sah eigentlich eher aus wie ein Kind. Aber Kinder dürfen um diese Zeit ja nicht mehr draußen sein«, macht Herr Herms irritationslos weiter.

»Von welcher Zeit reden Sie?«

»Na, nachts, wenn ich nicht schlafen kann. Da kam ein kleiner bebrillter Mann aus dem Automaten. Ich bin mir da ganz sicher.«

»Na, Herr Herms, ich muss dann mal weiter. Schönen Abend noch«, sage ich und schließe die Tür.

Ich rufe meine Frau an. Es wird spät, sagt sie. Also essen wir mutterlos unser trockenes Brot. Im Bett lasse ich die Kinder die letzten Strophen des *Tauchers* wiederholen. Damit erübrigt sich die Frage, von was heute geträumt werden soll. Seit Wochen schon klagen sie über Kopfschmerzen. Alle meinen, in ihrem Alter sei das nicht normal. Niemand ahnt, dass ich, nachdem wir den Tag über die Klassik pflegen – Goethe, Schiller und die *Brandenburgischen Konzerte* –, nachts meine alten Punkplatten auflege. Mit dem ersten Akkord hüpfe ich durchs Wohnzimmer, die Nadel springt, die Wände beben. Nicht jeder kann sein, was er ist, weil es nicht passt, weil andere Dinge zu erledigen sind, die Arbeit, Kinder, der Tod, denke ich. Aber man sollte nicht voreilig über die Menschen urteilen. Tief drinnen steckt ein Selbst in jedem. Wer er selbst sein kann, hat Glück. Seit Jahresbeginn gibt es eine neue Kinderpraxis im Einkaufszentrum. Man sagt: Der Arzt ist eine Erleuchtung. Dr. Graf hat einen doppelten

Doktortitel. Äußerst schwierig, einen Termin zu bekommen. Morgen ist es endlich so weit. Ich hüpfe noch ein wenig, dann gehe ich ins Bett. Ich muss fit sein für den Erleuchteten.

»Worin haben Sie Ihren zweiten Titel?«, frage ich, als wir das Behandlungszimmer betreten.
»Ich habe beim Bestellen des Praxisschildes gestottert«, sagt er. »Und für eine Änderung war keine Zeit. Der Laden wollte eröffnet werden.« Was ihn noch weniger glaubwürdig macht, ist seine Größe. Dr. Dr. Graf ist so klein wie meine Älteste. Aber er hat eine tiefe Erwachsenenstimme.

»Warum ist deine Nase so groß und so rot?«, fragt mein Kleiner.
»Und ihr könnt nicht schlafen, Kinder?«, kontert Dr. Graf.
»Warum läuft dir Eiter aus dem Ohr?«, pariert meine Mittlere.
»Gegen Kopfschmerzen hilft ab und zu ...« Mit einem Ruck reißt Dr. Graf seinen Kopf nach hinten. Dabei stößt er an einen Medizinschrank. »Nich lang schnacken, Kopf in Nacken«, sagt er und reibt sich den Kopf.
»Sie sind neu hier, aber Sie sind schon eine Bekanntheit«, versuche ich das Gespräch in eine andere Richtung zu lenken. »Wissen Sie, was die Kinder singen: ›Dr. Graf, Dr. Graf ist ein Schaf ...‹«
»Ja, ja. ›Und die Sprechstundenhilfe Duse ist 'ne alte Pampelmuse.‹ Stört mich nicht, wissen Sie, da steh ich drüber. Allerdings könnte ich die Bälger ja ins Kinderheim einweisen. Wegen Vernachlässigung, nicht. Das geht immer. Wer von euch hat denn da gesungen?«, fragt Dr. Graf

meine Kinder. Er muss sich nicht zu ihnen hinunterbeugen.

»Sie riechen schlecht«, sagt meine Älteste. »Komm, Papa, wir gehen.«

»Achten Sie darauf, geben Sie den Kindern nicht die Hand. Küssen Sie sie, wenn Sie sich begrüßen oder verabschieden. Das ist um einiges hygienischer«, sagt Dr. Graf in unsere Rücken. Frau Duse sieht mich verdutzt an, als ich mich namentlich bei ihr verabschiede.

Vor dem Einschlafen gebe ich den Kindern einen Kuss.
»Du hast mich geküsst!«, schreit mein Kleiner. »Sag Entschuldigung!«
»Ja, Küssen ist wahrhaft schrecklich. Das machen wir nicht mehr!« Dann gebe ich ihm die Hand wie jeden Abend.

134 »Dr. Graf ist eine Unterleibsfachkraft«, sage ich zu meiner abgearbeiteten Frau. »Der ist so nah dran. Außerdem weiß man ja, dass die Ärzte selbst ihre besten Kunden sind.« Als ich die ganze Geschichte erzählt habe, stellen wir Stühle hinter die Gardine und warten. Die Augen auf Sanddorns Automaten gerichtet.

Vertane Chancen

Ich schmiere Schulbrote. Schon wieder Nutella, nölen die Kinder. »Das lernt er noch«, sagt meine Frau. »Männer sind eindimensional. Sie sind altmodisch und kleben an ihrem traditionellen Platz zu Hause. Füße hoch, Bier auf, ferngucken. Tausende Jahre haben sie von uns Frauen profitiert, nun sollen sie teilen. Hausarbeit teilen. Da macht sich unser Exemplar doch ganz gut, oder?«, fragt sie. Die Kinder brummen.

Nach dem Frühstück, als sich alle aufgemacht haben in den Tag, nehme ich mir die Zeitung. Der Orkan Gisela ist über Holland hinweggezogen. Ein Foto zeigt die überfluteten Grachten in Amsterdam. Ich erinnere mich an eine Frau, die dort eines Morgens vor meinem Hotelzimmer stand.
»Wir können uns auch hinlegen«, sagte sie, als ich fragte, worum es ginge. »Liegen hilft beim Leerwerden«, sagte sie und zeigte auf den Teppich. Aber sollte ich mit einer fremden Frau auf dem Fußboden liegen?

Ich lege die Zeitung beiseite und gehe in den Garten. Die Zukunftsvorstellung, die mir auf dem niederländischen

Teppich in den Kopf kam, war entsetzlich: Schon nach zwei Tagen würde mir nichts mehr einfallen, worüber ich mit der Frau reden könnte. Vielleicht hatte ich sie ja von Anfang an falsch verstanden und es ging ihr nicht darum, die Decke anzustarren, um leer zu werden. Ich umkreise unseren Rhododendron. Es ist schon ein richtiger Trampelpfad entstanden vom dauernden Drumherumgehen. Seltsam, wie Sein und Berufswahl miteinander verwoben sind. Bei mir die Faulheit und das Schreiben. Träumen und sich treiben lassen. Bei einem Freund seine Unfruchtbarkeit und die permanente Beschäftigung mit Sexualität. Er ist Schönheitschirurg. Er hat eine ansehnliche Erotikasammlung. In letzter Zeit arbeitet er vorwiegend an Schamlippenneugestaltungen. Ich denke, dass die einzigen nackten Menschen, die ich als Kind zu Gesicht bekam, Leichen auf Fotos aus den Konzentrationslagern waren. Sie waren in einer antifaschistischen Publikation von Renzo Vespignani abgebildet. Ich konnte mich der erotischen Anziehung, die sie damals auf mich ausübten, nicht erwehren. Später wusste ich, dass diese Erotik sozusagen falsch war. Jedenfalls war sie angstbesetzt. Ich denke schon wieder an diese Liegerei in Amsterdam, die zu nichts führte.

Meine Kinder kommen nach Hause. Meine Älteste hält mir einen Zettel vor die Nase. ›Der heterosexuelle Geschlechtsakt‹ steht über dem Arbeitsblatt.

»Thomas und Michael haben in der Pause einen Mann an die Tafel gemalt. Mit Penis«, sagt sie. »Fanden wir alle lustig, denn die Schmitt ist doof. Das hier war die Vorlage. Obwohl man ja wegen der Frau nicht so viel sieht.«

»Ja, und?«

»Dann kam die Schmitt und hat gesagt: ›Da habe ich aber schon besser bestückte Exemplare gesehen.‹ Und sie hat die Tafel zugeklappt. Außen war noch ein Mann hingemalt. Mann, war das peinlich.« Ich nicke. Meine Älteste isst einen Happen. Dann fragt sie: »Papa, was heißt ›besser bestückte Exemplare‹?« Meine Antwort geht in der rauschhaften Erzählung der beiden Jüngeren unter. Sie sind heute dem Einbeinigen begegnet, der im Bahnwärterhäuschen wohnt.

Als ich ein Kind war, gab es viele Einbeinige, Einarmige und schwarzhändige Opas des Krieges. Sie sind ausgestorben. Der Einbeinige ist der Letzte seiner Art. Es heißt, er hat das Bein bei einem Flugzeugunglück verloren. Und dass er das Bein in einem Räucherofen konserviert, um später als ›ganzer Mann‹ beerdigt zu werden.

»Bei uns wohnen ganz besondere Leute, was?«, frage ich. Die Kinder nicken.

»Das mumifizierte Bein könnte man vielleicht gegen Geld ausstellen?!«

»Nein«, sagen die Kinder. Langsam schütteln sie die Köpfe. Dann essen wir weiter. Die Frage, wie es hätte sein können, nagt ein Leben lang an einem. Es gibt das Gefühl, etwas nicht versucht zu haben. Das ist eine Angst. Sie ist unerträglich. Was wäre passiert, wenn ich in Holland nicht nur gelegen hätte?

Beim Nachtisch fragt mein Kleiner, ob wir den Mann wegen seinem Bein nicht doch noch mal fragen können.

»Geld«, sagt er, und so, wie er es sagt, erinnert er mich an Landsberg.

Nachmittags am Telefon erzählt mir Henni, der Gelegenheitsliterat: »Wir sind Ruinenbaumeister. Kultur ist immer ein Palimpsest. Der Text wird immer wieder neu geschrieben. Älteres wird aufgenommen, umgeformt, verdreht. Wie die Liebe. Alles immer wieder gleich. Das ganze tägliche Einerlei. Das Beschissenste, was ich seit Langem über meine Geschichten gehört habe«, sagt Henni, »stand in der Zeitung.« Ich habe heute auch Zeitung gelesen, will ich sagen. Doch Henni ist schneller. Er zitiert: »›H.s Nonprofit-Literatur entdeckt im Alltäglichen ihre Bilder. Seine Geschichten liegen auf der Straße.‹ So ein Dreck!«, schimpft Henni. »Auf der Straße liegen tote Tiere.«

»Ja, die auch. Aber du willst dich doch nicht in den Reigen der Literaturnörgler einreihen. Du schreibst doch, weil's dir Spaß macht, oder? Und ich finde dein Buch gut«, sage ich und muss auflegen, weil jemand die Treppe heruntergefallen ist und weint. Es ist mein Kleiner, der sich ein Bein hochgebunden hat und Einbeiniger spielt.

»Bitte, nimm dir wenigstens eine Krücke und spiel nicht auf der Treppe«, sage ich.

Abends im Bett fragt meine Frau nach dem gleichmäßigen Rumpeln, das man im Haus hört.

»Das ist unser Sohn. Er übt, einbeinig zu gehen. Mit Krücke.«

»Ja, es hört sich an wie Kapitän Ahab im Film.«

»Komm, lass uns einfach mal nur daliegen«, schlage ich vor. »Eine ganze Nacht lang. Ausschließlich liegen und leer werden.«

»Wie soll das gehen bei dem Krach?«, fragt meine Frau.

Wichtigtuer

Ich schaue noch einmal auf den Tacho, bevor ich langsamer werde. Über 50 in der 30er-Zone. Jedes Mal, wenn ich ein Auto miete, dasselbe: Ich verliere mich im Geschwindigkeitsrausch. Wir alle sind noch voller Freude über die Fahrt an die Ostsee, zurück in unserer Straße freuen wir uns auf die lange Grade bis zur Kurve. Die Kinder jauchzen. Kurz vor der Kurve gehe ich runter vom Gas und rolle bis vors Haus. Nur heute rollt ein Polizeiwagen hinter mir her. Mit eingeschaltetem Blaulicht.

»Wir hätten mit der Bahn fahren sollen«, sagt meine Frau. »Lass die Polizei doch meckern«, sagt mein Sohn. »Mit etwas Glück kommt gleich ein noch schnelleres Auto um die Kurve, und wir sind nicht mehr interessant.« Schwerfällig steigt ein Polizist aus dem Auto. Sehr dick ist dieser Polizist. Riesig. Ein Gargantua der Gegenwart. Allein die Uniform scheint seinen Körper davor zu bewahren, auseinanderzufließen.

»Guten Abend«, begrüßt er uns. Riecht der nicht nach Alkohol?, überlege ich. War der nicht mit mir auf der Schule? Das ist doch Thomas. Den Nachnamen habe ich vergessen. Steht ja außen dran: Klausen. Ja, genau: Thomas Klausen. Aber früher war der doch 'n ganz schmaler Spiddel. Und er hatte 'nen Spitznamen. Wie ging der noch mal? Tom ... ? Tom aus der Kiste! Natürlich, er war einer von denen, die zu ›Tante Karin‹ gingen. ›Tante Karin. Kneipe und mehr‹ stand draußen dran. Bei Tante Karin gab es drei Spezialitäten. Erstens: Tante Karin war ein Onkel. Zweitens: Tante Karin hatte genau einen kulinarischen Leuchtturm im Angebot: Käsewürste aus Österreich. Und drittens: Neben Tante Karins Tresen stand eine Truhe mit Kleidung. Damenkleidern, Unterwäsche. Tom schwärmte besonders für die Kleiderkiste. Während ich mich gedanklich durch die Vergangenheit bewege, schließt und öffnet sich der Mund des Polizisten.

»Mann – Hallo!«, stupst meine Frau mich an.

Der Polizist sagt: »Haben Sie mich verstanden?! Führerschein und Fahrzeugpapiere bitte.« Mit einer Hand stützt er sich auf unser Auto, mit der anderen wischt er sich Schweiß von der Stirn.

Ich reiche ihm die Papiere hinaus. Wortlos bedeutet er mir, auszusteigen. Unverständliches Krächzen kommt aus dem Funkgerät, das an seinem Gürtel hängt. Wir stehen uns gegenüber. Blicken uns in die Augen.

Dann sagt er: »Hören Sie mal: Ein Meister reitet mit seinem Schüler durch die Wüste. Als es dunkel wird, rasten sie. ›Kümmer dich um die Kamele‹, sagt der Meister zum Schüler und geht schlafen. Am nächsten Morgen sind die Kamele fort. Der Schüler hatte die Kamele nicht angebunden. ›Warum hast du sie nicht angebunden?‹, fragt der Meister.

›Du hast mich gelehrt‹, antwortet der Schüler, dass ich Vertrauen in Gott haben soll. Ich dachte, Gott wird sich schon um mich und um die Kamele kümmern.‹

›Gott kümmert sich nur um dich‹, antwortet der Meister, ›wenn du dein Kamel anbindest.‹«

Der Polizist macht eine Pause. Ich weiß nicht, was ich sagen soll.

»Also, was glauben Sie, passiert jetzt mit Ihnen?«, fragt mich der Polizist. Erkennt er mich denn nicht wieder?, überlege ich. Er wedelt mit meinem Führerschein. »Na, denn.« Er notiert etwas in einen Block und gibt mir die Papiere zurück. »Das sind 3 Punkte und 180 Euro Bußgeld. Sie erhalten Post von uns.«

»Papa, was hatte die Geschichte mit dem Kamel zu bedeuten?«, fragen mich die Kinder an der Haustür.

»Hab ich auch nicht verstanden«, antworte ich.

»Das war nur ein Wichtigtuer, der die Strafe mythisch überhöhen wollte«, sagt meine Frau.

Ich rufe Henni an.

»War Tom nicht einer von den Punks früher?«, beginne ich. »Weißt du, Tom aus der Kiste, Thomas Klausen. Dieses Extreme zog den doch an. Früher wurden doch alle als Punk gezählt; alle, die nicht ordentlich aussahen wie Popper. Ob man Leder- oder Gummifetischist war oder sonst wie Bock hatte, sich zu verkleiden, immer wurde man den Punks zugerechnet. Sich die 60er-Jahre-Hosen von der Mutter anziehen zum Beispiel reichte da schon aus. Oder 'ne Bob-Frisur und lesbisch zu sein. Oder sich die Haare zu färben oder schwul zu sein.«

»Das meinst du doch nicht im Ernst, dass Punk für so was offen war?«, meint Henni. »Wie erinnerst du dich denn an damals? Hallo?! Wir waren auf der gleichen Schule.«

»Punk war doch alles Mögliche damals«, sage ich. »Elektromusik zum Beispiel. Suicide, Gang of Four, Depeche Mode. Lies das doch mal nach beim Teipel. Da sind sich ja nicht mal die Erste-Reihe-Protagonisten einig, bei was für'm Verein sie da mitgemacht haben. Wie sollen wir das denn auseinanderfriemeln, wir Vorstadtpunks.«

»Aber Klausen, der war definitiv kein Punk«, sagt Henni.

»Pass mal auf«, sage ich. »Kurz nach dem Abi lernte ich einen kennen, der wohnte im Hochhaus in Jenfeld. Eigentlich war der Zahnarztsohn. Hatte immer genug Geld für Bier, Platten und Klamotten. Der hatte immer Goldstückchen in den Taschen von seinem Vater. ›Judengold‹ nannte er das. War ja noch nicht politisch korrekt damals. Bei ihm im Hochhaus konnte man prima feiern, weil alle asozial waren und sich niemand über irgendwas beschwerte. Für mich jedenfalls war das 'n Punk. Aber warum sollte der heute nicht auch Polizist sein? 'ne Zeit lang lief bei dem immer so 'n Jane-Fonda-Aerobicvideo in Schlaufe. Den ganzen Tag lang Jane Fonda. ›Komm, tanz mit mir, Grobi!‹, sagte der, wenn man zu ihm in die Wohnung kam. Und dann wackelte er los so mit den Hüften wie die Fonda. Echt lustig. Aber einmal kam ich mit mieser Laune zu ihm und pflaumte ihn an, dass sein Rumwackeln saublöde aussähe, so wie der Rocky-Horror-Time-Warp. Dann lass uns Reis werfen, meinte er, und tatsächlich hat der seine Reisbeutel aus'm Schrank genommen, aufgerissen und alles durch die Wohnung geworfen. Der wurde am Ende so wild, der hat alles Mögliche aus seinen Schränken geholt und rumgeworfen. Und ich hab mitgemacht.«

»Das ist doch alles Quatsch, was du da erzählst! Willst dich wohl wichtigmachen?«, sagt Henni. »Zu dem Hochhausspacken kann ich nichts sagen, aber Thomas Klausen, der war bestimmt Nazi früher. Ist schließlich nicht umsonst zur Polizei gegangen.«

»Na, wenn du meinst«, antworte ich, und dann frage ich Henni wegen dieser Kamelgeschichte.

»Ich weiß vieles«, antwortet er. »Kinder, Krankheiten, Wetter. Was ich in den Ofen schiebe, muss der Ofen ausspucken. Aber alles weiß ich nicht.«

In der nächsten Woche überrascht mich meine Frau, als sie aus dem Fitnessstudio kommt.

»Du und Muckibude?«, frage ich. Sie legt ihre Hand auf ihren Bauch und nickt. Ihr Bauch ist flach, während meiner sich nach außen wölbt. »Sieht gut aus«, sage ich und deute auf ihre Mitte.

»Weniger Bier trinken«, antwortet sie. »Aber ich muss dir was erzählen: Weißt du, dieser seltsame Polizist letzte Woche, der arbeitet im Studio.«

»Wie, so ein Wackelpetertyp arbeitet da?«, frage ich. »Was ist das denn für ein Studio? Außerdem ist er doch Polizist.«

Sie zuckt die Schultern. »Das hab ich ihn spaßeshalber auch gefragt«, sagt sie. »›Ja, hier ist das bald genauso wie in Italien‹, hat er mir erzählt. ›Ein Job reicht heute nicht mehr zum Leben. Außerdem ist der Besitzer mein Bruder.‹«

»Man glaubt es nicht«, sage ich und schüttle den Kopf.

»Was ist?«, fragt mich meine Frau.

»Man glaubt es nicht!«, wiederhole ich.

»Willst du nicht mitkommen ins Studio?«, fragt sie. »Du wirst dick und unattraktiv.«
»Wir haben doch noch nie Sport getrieben.«

Zombies

»Systemzombies. Wir sind alle Systemzombies. Das heißt: viel arbeiten, viel Steuern zahlen, konsumieren, ohne zu genießen, und schlussendlich kurz beziehungsweise gar nicht leben. Mit 40 ab in die Kiste. Das ist nicht mein Programm«, sagt Henni. Er hat mich angerufen. Es ist Dienstagmorgen. Die Firma, für die seine Frau arbeitet, baut Stellen ab.

»Den Stellenwert der Arbeit zeigt schon die Etymologie«, bestätige ich. »Otium heißt Muße auf Latein. Die Verneinung der Muße neg-otium hieß Geschäft und Geldverdienen. In der Antike ging man davon aus, Erwerbsarbeit sei charakterschädigend. In Rom durften Handwerker und andere Menschen, die ihre Leistungen für Geld verkauften, kein staatliches Amt bekleiden. Nur Menschen, die sich nicht um ihren Lebensunterhalt sorgen mussten, konnten Politiker, Redner oder Rechtsberater werden. Tätigkeiten, die als Muße galten. Das waren dann schon fast Künstler wie wir.«

»Du Vorstadtphilosoph. Sag mir sofort die drei schrecklichsten Berufe, die dir einfallen«, sagt Henni.

»A) Jurist«, beginne ich, »mit seinen 100.000 Kleinkategorien und einer abstoßend sperrigen Kunstsprache, B) studierter Verwaltungsfachangestellter und C) Programmierer für Entsalzungsanlagen.«

»Wie kommst du denn auf Entsalzungsprogrammierer?«

»So einen hat meine Frau gerade auf einer Konferenz getroffen. Dem hing die Haut zerschrundet vom Körper. Salz am Arbeitsplatz. Wie ein griechischer Fischer.«

»Als Programmierer sitzt man nicht am Meer!«

»Hast du 'ne Ahnung.«

»Na, die alten Griechen wussten: Die Götter bestrafen jene, deren Wünsche sie erfüllen. Das heißt die Traumlosen. Die, die ins Materielle denken. Die, die am Ende der Fahnenstange sind. Willst du noch was wissen?«

»Nee, Mittagszeit, Henni. Die Kinder kommen. Bis heut Abend.«

Nach dem Gespräch denke ich nach einiger Zeit wieder an meinen Schulfreund Jörn. Der hatte auch so Wünsche: Bankausbildung. Dann an die Börse. Tatsächlich liegt er seit Jahrzehnten auf dem Friedhof. Nächsten Sonntag ist Totensonntag. Da kann ich ihn mal wieder besuchen. Nach dem Essen erzähle ich den Kindern von meinem Vorhaben. Nur mein Sohn will mitkommen. Er hüpft und freut sich auf Gespenster.

Es stehen viele fremd klingende Namen auf den Grabsteinen. Viele Leute sind tot, denke ich. Alte Bergwerkspolen, ein Ming-Chinese, Nguyen aus Vietnam, eine afrikanische Familie Mbele, einige Türken. Kaum ein Meier oder Schulz. Dieses ganze Theater fängt ja schon mit dem Namen an. Ständig inszeniert man sein Leben. Mit Bademänteln, Perücken, Berufen. Und doch langweilt man sich und findet keinen Sinn, und schließlich lässt man es bleiben. Was für eine Inszenierung ist denn das jetzt?, überlege ich. ›Hinter jedem Fenster sehe ich Gespenster‹, singt mein Sohn mit lauter Stimme. Bunte Blätter liegen auf den Wegen. Ganz schön, der Friedhof, denke ich. Nur nicht bezahlbar für jeden. Das man immer die Schwere des Daseins spüren muss. Gedanken. Immer wieder Gedanken. Mein Traum ist, mich von mir selbst zu befreien, zu verschwinden. Einmal behauptete Herr Sanddorn, unser Nachbar, manchmal denke er nichts. Welch große Sehnsucht, nicht zu denken. Das kann man womöglich nur als Getränkehändler erreichen.

»Ich muss mal«, unterbricht mich mein Sohn.
»Halt an. Die Toilette auf dem Friedhof ist kaputt.«
»Und was machen die ganzen alten Leute, die hier sind?«, fragt er.
Ich zucke mit den Schultern.
»Kann ich nicht da zwischen die Bäume?«
»Also gut«, sage ich und stelle mich nah hinter ihn, damit niemand sieht, was hier passiert. Es gibt ein Buch von Boris Vian, das heißt: *Ich werde auf eure Gräber spucken.* Was dachte ich eben?, überlege ich. Was will ich? Was soll die Zukunft für mich bringen? Weiß ich es denn? Selbstredend nicht. Lass die Welt doch erst mal wirken. Sie ist ja da. Ich bin da. Das reicht.

»Papa, wo sind die Gespenster?«, fragt mein Sohn, als er fertig ist.
»Hier gibt's keine«, antworte ich.
»Und Tote, die noch gar nicht richtig tot sind?«

»Nein, gibt's hier auch nicht.« Wir gehen weiter. Jörns Grab ist nicht dort, wo ich es erinnere. Die Beerdigung liegt über zwanzig Jahre zurück.

»Lass uns mal da lang gehen«, sage ich.

»Erzähl mir eine Geschichte, Papa«, bittet mein Sohn.

»Auf dem Friedhof erzählt man sich keine Geschichten. Versuch mal, die Würdigkeit dieses Ortes zu spüren.« Mein Sohn schimpft. Plötzlich erkenne ich die Stelle wieder. Vor uns Jörns Grab und eine Frau, die gerade einen Blumenstrauß in die Vase auf seinem Grab stellt. Gelbe Stachelblumen. Chrysanthemen. In dem Gesicht der Frau erkenne ich eine Klassenkameradin, der ich seit dem Abitur nicht begegnet bin. In einer Sekunde verdichten sich in meinem Hirn die Ereignisse. Bilder, Gerüche und Stimmen von vor zweieinhalb Jahrzehnten drängen in den Kopf.

»Geh mal spielen«, schiebe ich meinen Sohn in Richtung der Abfallhaufen, wo einerseits Blumengebinde verwesen, andererseits Kerzenreste, Kuscheltiere und Grabschleifen bleichen. Im Kopf sehe ich Jörn, unverändert jugendlich. Und ich sehe Swantje, Projektionsfläche unserer Pubertät, die wie eine Elfe über den Schulhof schwebte. Swantje sieht alt aus, wenn ich ihr nun in die Augen blicke. Diese Fältchen. Viele Fältchen. Aber sie hat noch immer schöne Augen.

»Hallo«, sage ich. »Dass ich dich hier treffe.«

»Nach so vielen Jahren«, antwortet sie. »Und das ist dein Kind?«

»Genau«, sage ich. Und damit ist mein Sohn wieder im Spiel. ›Heimgekehrt in die ewige Welt‹ hat er sich eine

Grabschleife wie eine Schönheitswettbewerbsschärpe um den Körper gebunden. In Haar und Ausschnitt trägt er Gammelblumen. Wir verabschieden uns und gehen heim. Was hat Swantje dort gemacht?, überlege ich auf dem Weg nach Hause. War da etwas zwischen Swantje und Jörn?

Nachdem ich die Kinder ins Bett gebracht habe, setze ich mich aufs Fahrrad. Im Wald ist es schon dunkel. Als ich an der Autobahnraststätte herauskomme, verschwindet gerade die Sonne hinter dem feuerspuckenden sechsbeinigen Hund des Eni-Konzerns. An ihrer Stelle ebnen glutfarbene Streifen den Weg für die Nacht. Ich liebe diesen Ort. Alle Menschen, die hier sind, haben etwas vor. Alle kommen von irgendwo und fahren nach irgendwo. Niemand ist hier, weil er sich genau diesen Ort ausgesucht hat. Nur Henni und ich trinken hier immer unser Bier, seit ›Kurt‹ aufgegeben hat. Die Raststätte liegt etwa in der Mitte unserer Wohnorte. Das Dosenbier schmeckt schal. Es fahren nur noch wenige Autos in Richtung Großstadt.

»Das Leben ist eine Reise ins Ungewisse«, macht Henni einen Versuch.

»Zeit, ins Bett zu gehen«, sage ich. Henni nickt. Wir steigen auf unsere Räder.

Von Birken und Hühnern

Die Straße, in der wir leben, heißt Birkenallee. Entlang der Straße sollten sie stehen. Ich besitze ein Foto von 1881: Birken. Auch in den 1950ern: Birken. Das ganze 20. Jahrhundert hindurch. Aber irgendwann wurden sie abgesägt. Nun stehen auf den Stümpfen Schüsseln mit Stiefmütterchen. Warum? Gut, Birken schmutzen. Birken werfen ihre Rinde in Fetzen ab, wie die Haut von Verbrennungsopfern. Gut, eine Birke verliert ständig Äste und Ästchen, und im Sommer lässt sie braune Würstchen fallen. Ja, die Birke ist ein Starkzehrer. Sie lässt kein Gras wachsen. Höchstens Moos. Aber eine Birkenallee ohne Bäume? Wir forsten auf, sind sich meine Kinder und ich einig. Wir pflanzen eine Birke. Sie wird schön aussehen zwischen den Hortensien.

»Stellt euch mal vor, wir lebten im Eukalyptusweg«, sagt meine Älteste beim Gießen.
»Ein Eukalyptus braucht jährliche Waldbrände. Nur in der Hitze des Feuers platzen seine robusten Samenkapseln«, belehrt uns die Mittlere, die in der Schule den Wahlpflichtkurs ›Natur‹ belegt hat.
»Eukalyptus, bleib doch in dem Land, wo alles verkehrt läuft und die Menschen Kopffüßler sind!«, ruft mein Sohn.

»Komm spielen!«, sagt Eberhard, ein Klassenkamerad meines Sohnes, der heute zum ersten Mal bei uns zu Besuch ist.

»Aber hier unten im Garten«, sage ich, denn vorhin wollte Eberhard auf unserem Dachfirst balancieren.

Nach wenigen Minuten hüpfen die Kinder wieder um mich herum.

»Vorsicht mit der Birke«, sage ich. Schon hat sich das anhängliche Rotkehlchen ins spiddelige Geäst gesetzt. Eberhard schlägt nach dem Tier. Der Vogel fliegt fort.

»Sollste mal sehn, Digga«, sagt Eberhard zu mir.

»Was denn?«, frage ich.

»Na, Hühner. Wenn mein Alter 'nem Huhn den Kopf abschlägt. Läuft dann rum ohne Kopf.« Eberhard hält sich den Bauch und lacht. »Motor läuft noch, wenn Huhn kaputt.«

Meine Kinder und ich, wir alle sehen Eberhard an. Dann rennen sie alle wieder los in den Garten.

Mein Sohn sagt, dass es bei Eberhard außer einer kopflosen Barbiefigur kein Spielzeug gibt. Nicht mal richtiges Fernsehen, sagt er. Nur solches, wo sie anders sprechen. Das nur Eberhard und seine Familie verstehen. Eberhards Familie kommt aus Kasachstan. Von der Steppe aufs Kasernengelände, beziehungsweise ins Neubauviertel. Dort wohnt der Mittelstand aus den Kriegsregionen dieser Welt: Irak, Afghanistan, Tschetschenien, Angola. Und in die ehemaligen Kasernengebäude sind Russlanddeutsche eingezogen. Eberhards Vater war Wasserbauingenieur. Bei uns arbeitet er als Gärtnereigehilfe.

Ich setze mich neben die neu gepflanzte Birke und sehe zu, wie sie anwächst.

»Birken gut«, sagt Eberhards Vater und zeigt auf unseren Baum. Er kommt, um seinen Sohn abzuholen. »Hier«, sagt er und holt eine Flasche aus seinem Jackett. »Birkenwasser! Trinken.« Es schmeckt hochprozentig süßlich.

»Kommen Sie doch herein«, sage ich. Eberhards Vater macht eine weite Armbewegung, die die Nachbargärten mit einschließt.

»Viele Hühner«, sagt er. »Sehr viele Hühner.«

»Nein, hier gibt es keine Hühner«, sage ich. »Züchten Sie Hühner?«

»Njet«, antwortet er. Er schlägt sich auf die Brust. »Investieren«, sagt er. Dann zeigt er auf mich. »Du Hühner. Ich verkaufen. Wir halbe-halbe.«

Die Kinder kommen dazu. Eberhards Arm ist voller Blut. »Sponge Bob«, sagt er stolz und zeigt seine Wunde. In der anderen Hand hält er das Taschenmesser meines Sohnes. Meine Kinder stehen bleich daneben. Unter dem Blut sind Schnitte zu sehen. Es könnte eine Figur sein. »Sponge Bob, mein Freund«, sagt Eberhard und schlägt sich auf die Brust.

Eberhards Vater lacht. Er streicht seinem Sohn über den Kopf. »Witz. Das ist Eberhard! Maladiez. Auf Wiedersehen!«, verabschiedet er sich.

»Überleg mal mit die Hühner«, sagt er am Gartentor. »Viel Geld!«

»Ja, überlege ich mir.« Da wächst ja nichts mehr, wo die Hühner picken und scharren, denke ich. Was würde dann aus den Pflanzen?

Abends erzähle ich meiner Frau von Messern, Hühnern und Birken und von den Risikounterschieden, die man bereit ist einzugehen.

Meine Frau geht rüber zum Plattenschrank. Wir haben seit Ewigkeiten keine Platten mehr gehört.

»Hast du mir überhaupt zugehört?«, frage ich sie.

»Ich suche etwas«, antwortet sie. »Weißt du, ich frage mich, ob du jetzt xenophob wirst? Sonst ist dir doch alles egal, Hauptsache, man lässt dich in Ruhe schreiben«, sagt sie. »Die Wirklichkeit ist der Schatten des Wortes. Das stand gestern auf dem Literaturkalender, den du mir geschenkt hast. Das ist doch auch dein Motto.«

»Das ist von Bruno Schulz«, sage ich. Aber das Gespräch wird unterbrochen, weil meine Frau eine Platte aufgelegt hat und die Stimme Alexandras erklingt: *Mein Freund, der Baum.* Erstaunlich, dass das Gerät nach so vielen Jahren noch funktioniert. Sie nimmt mich an der Hand. Wir gehen zum Fenster und betrachten die Birke. Ich finde, die Hortensien daneben sehen schon etwas abgezehrt und krank aus.

72 Füße

Beim Blumenknollensetzen im Garten finden wir eine Unzahl größerer Knochen. Wir wohnen in einem alten Haus. Die Vorbesitzer hatten eine Hundezucht. Die Mädchen finden die Knochen eklig. Sie wollen im Haus spielen. Die Knochen sind halb verwest und so durchscheinend, dass man ihre Struktur gut erkennen kann. Mein Kleiner legt alle Knochen behutsam in Schuhkartons.

»Wenn ich die Knochen begrabe, bekomme ich dann mehr Taschengeld?«, fragt er.

»Wofür brauchst du denn mehr Taschengeld?«

»Papa, das weißt du doch! Ich will mir das Geisterpiratenschiff kaufen.«

»Wenn du beständig gibst, wirst du beständig haben«, sage ich.

»Was heißt das?«

»Das heißt, dass du nicht mehr Taschengeld bekommst.«

Mittags finde ich drei gut erhaltene Knochen auf dem Küchentisch.

»Was soll das?«, frage ich meinen Sohn.

»Sonst tust du doch auch Knochen in die Suppe«, sagt er.

»Ich dachte, du sparst Geld, wenn du die Suppe mit den

Knochen kochst, und das gesparte Geld gibst du mir für mein Schiff.«

Am Nachmittag ruft Henni an: »Es gibt ein Land, an dessen Strände werden menschliche Füße angeschwemmt. Dutzende Füße. Und sie alle stecken in Schuhen. Gibt es einen Zusammenhang zwischen diesen Fällen, oder handelt es sich um Phänomene, die nichts verbindet außer dem Strand, an den sie angetrieben werden?,« fragt er.
»Henni, ist das das Sonntagsrätsel? Was rufst du mich am Sonntagnachmittag an und erzählst mir etwas von abgetrennten Füßen?« Mein Sohn hat sich neben mich gestellt. Ich gehe mit dem Telefon ein Stück weiter.
Er folgt mir.
»Henni, Moment mal. Was willst du denn?«, frage ich meinen Sohn.
»Wenn du mal einen Fuß verlierst, dann geb ich dir einen von meinen«, sagt er.
»Oh, vielen Dank. So, jetzt geh wieder spielen. Ich telefoniere.«
»Nein«, sagt Henni, »diese Fußgeschichte, das sind Tatsachen. Das ist die Komödie des lächerlichen Lebens, in der wir alle spielen. Vergiss nie, dass um uns die Lichter der Verheißung und die Feuer der Verdammnis flackern!«
»Oh Mann, Henni! Was bist du denn so lyrisch plötzlich? Hier brennt gar kein Feuer. Hier gibt's nur einen eifrigen Jungen, der sein Taschengeld in die Höhe treiben will. Du, aus deiner Geschichte, da wird kein Schuh draus!«
»Nee, ein Schuh bestimmt nicht!«, sagt Henni. »Aber bei fast jeder Geschichte bleibt immer ein Rest, der nicht zu erklären ist.«

»Wohl wahr, Henni. Bei diesem Rest sind wir wohl gerade.«

»Magst recht haben«, sagt er.

Wir schweigen eine Weile.

»*2001: Odyssee im Weltraum*. Da hat selbst Kubrick gesagt, wenn du meinst, alles verstanden zu haben, hast du nichts verstanden«, sage ich, um mal wegzukommen vom Tagesgeschäft.

»Ja«, stimmt Henni zu, »als wir den sahen, haben meine Kinder mich auch gefragt, was das mit den Farben soll. Dieser Trip zum Ende des Lebens. Und was habe ich gesagt?«

»Na, was?«

»Weiß ich doch auch nicht«, sagt Henni. »Wenn schon der Regisseur nicht weiß, warum er das gefilmt hat. Ich bin nur ein kleiner Kinogucker.«

»Na denn, Henni. Schönes Wochenende noch.«

Dann steht wieder mein Sohn neben mir. »Papa«, sagt er. »Ich gebe viel. Ich sorge mich um die Pflanzen, dass Blumen wachsen. Ich sorge für die toten Hunde, dass sie ein schönes Grab haben. Ich kümmere mich um unser Essen und um deine Füße. Ich gebe immer ganz viel, aber von dir bekomme ich fast nie etwas. Schon überhaupt nichts Beständiges. Kann ich nicht mal ein Geisterschiff bekommen? Oder das Geld dafür?«

»Junge, warum musst du so materiell sein?«, frage ich. »Kannst du nicht zufrieden sein mit dem, was du hast? Du hast so viele Spielsachen. Du bekommst Taschengeld, also spare, und du kannst dir etwas kaufen. Und jetzt komm bitte nicht noch einmal mit diesem Schiff an, ja?«

Ist es nicht so, dass wir uns in unseren Kindern spiegeln?, überlege ich. Dass sie unsere Stärken, aber auch unsere Untugenden haben? Dieses Materielle muss aus der Familie meiner Frau kommen. Ich bin ja eher träumerisch unterwegs. Alles, was wir geben, kommt auf verschlungenen Wegen zu uns zurück. Zumindest im Traum. Daran glaube ich.

Als ich zurück in den Garten gehe, komme ich an meiner Frau vorbei. Sie liest in der Zeitung. »Du, hör mal: In Prag kann man Bohemistik studieren. Das wär doch was für dich. Im Kaffeehaus sitzen und lesen und schreiben. Alles, was du immer gewollt hast«, sagt sie.
»Ach Quatsch, das gibt's doch gar nicht! Zumindest ist das hanebüchen. Nur weil ich das Studium abgebrochen habe, musst du mich nicht mit so obskurem Kram aufziehen.«
»Was war denn heut Mittag in der Suppe? Die hat seltsam geschmeckt«, sagt meine Frau.
»Hab ich wohl die Karotten nicht ordentlich genug geputzt.«

Am Abend gehe ich hoch zu den Kindern. Mein Sohn baut ein Knochenhaus. Neben ihm liegt das Lateinbuch meiner Ältesten. Die Seite über die Katakomben ist aufgeschlagen. Auf einem Foto sieht man kunstvoll geschichtete Gebeine. »Der Tod ist Teil des Lebens«, brummelt er. »Also lerne zu sterben.« Von wegen man lernt nur für die Schule oder für den Lehrer, denke ich.
»Wenn alle, die mir einst lieb waren, nun nur noch Gespenster wären«, murmelt mein Sohn. »Ich habe keine Köpfe«, sagt er, als er mich bemerkt.

»Tja«, sage ich, »wir können ja morgen weitersuchen. Aber jetzt geht's erst mal ins Bett.«

Als ich im Bett liege, überlege ich mir Erklärungen für Hennis Geschichte. Die angetriebenen Füße stammen von Ermordeten, so viel ist klar. Ich erinnere mich an den ugandischen Diktator Idi Amin, der seine Widersacher zerstückelt in Gefriertruhen aufbewahrte, um sie bei Feiern zu verspeisen. Vielleicht mochte er keine Füße, und er hat sie ins Meer geschmissen. Oder es gibt irgendwo auf der Welt eine Maschine, die immer wieder die Füße der Arbeiter abreißt. Es gibt keine Arbeitsschutzbestimmungen an der Stanzmaschine, und die Arbeiter sind so arm und abhängig von ihrem Tun, dass sie ihren Vorgesetzten die Unfälle verheimlichen. Aus Pflanzenfasern modellieren sie sich neue Füße, und so können sie weiterarbeiten, als wäre nichts geschehen. Im Stakkatorhythmus sehe ich die pflanzenfüßigen Arbeiter um die Maschine tanzen.

»Was stöhnst du denn so?«, weckt mich meine Frau.

»Hab schlecht geträumt«, sage ich. »Aber jetzt schlafe ich eigentlich schon wieder.«

Dass etwas bleibt

In der Zeitung wird für ein neues Restaurant geworben: ›Orans Restaurant‹. Meine Frau sagt, es müsste Oman heißen, ein arabisches Land. Ich sage, Oran ist doch eine Stadt in Nordafrika, oder? Vielleicht ist das auch ein Männername dort? Ich gehe zum Lexikon. Da fragt mich meine Mittlere: »Steht da auch drin, warum wir leben?« Ihre Sinnsuche ist zur Manie geworden. Ich schicke sie aus dem Zimmer.

Mittags koche ich Couscous, das essen die Kinder immer. Hat ja auch 'nen tollen Namen. Hört sich vertraut an, heißt aber aus dem Arabischen übersetzt ›Krümel‹. Ausnahmsweise essen wir mit den Fingern, so wie die Nordafrikaner.

Dass nichts bleibt, wie es ist, denke ich beim Flurfegen. Dass alles einer permanenten Veränderung unterliegt und immerzu von einer Ecke in die andere geordnet wird. Es ist mein depressiv-melancholischer Gedankengang, auf dem ich seit drei Jahrzehnten hängen geblieben bin. Ich hätte Arzt werden sollen, irgendetwas mit Relevanz, überlege ich. Aber da erinnere ich mich, wie sich ein Freund fühlte, ein Arzt. »Jeden Tag heile ich Patienten«, erzählte er. »Ich kümmere mich um sie, gebe ihnen Heilmittel, sie genesen. Meinst du, die sehe ich je wieder? Erst bei der nächsten Krankheit. Mein Leben besteht aus einer endlosen Folge von Versehrten. Mein Leben ist die Hölle auf Erden.« Na, aber irgendetwas Besseres als Hausmann wäre drin gewesen für mich, denke ich und fege die Hinterlassenschaften des Mittagessens aufs Kehrblech. Vielleicht Architekt? Häuser bauen, die in der Welt bleiben, wenn man selbst schon tot ist. Schöne Gedanken in Beton. Aber da erinnere ich mich an eine Unterhaltung mit einem Herrn, der, nachdem er jahrzehntelang als Architekt gearbeitet hatte, in die freie Kunst gewechselt war. »Endlich keine Limitierungen mehr«, sagte der. »Keine Bauträger, keine Vorschriften, keine Kompromisse, keine geplatzten Bauvorhaben. Der Mensch, er strebt zur Freiheit!«

»Nun, Freiheit«, antwortete ich, »aber was bleibt von der Freiheit?«

»Es bleibt sowieso nichts«, sagte er. »Wissen Sie, früher habe ich geronnene Wunder gebaut. Spiele von Licht und Schatten. Mit nahezu unbegrenzten Finanzen. Das war im Libanon. Der Bürgerkrieg hat alles zerstört. Kein Gebäude überlebte.«

»Ja, die Menschen«, sagte ich, »sie machen alles kaputt. Um das zu ändern, müsste man wohl erst die Menschen kaputt machen.«

Er schaute mich überrascht an. Dann erzählte er etwas von religiösen Flügelwesen, und ich hörte nicht mehr zu.

Ich bin fertig mit dem Flur. Die Gene, denke ich, sie sollen weitergegeben werden. Schnell überschlage ich: Beim Enkelkind sollten 25 Prozent von einem selbst nachzuweisen sein. Ich rufe Henni an. Er hält meine Annahme für unwahrscheinlich. »Was weitergegeben wird, liegt unter fünf Prozent«, sagt er. Ich verabschiede mich von ihm und rufe meine Mutter an. Sie ist überrascht, freut sich aber über die spontane Einladung.

»Das kommt ja nicht so oft vor, mein Junge«, sagt sie, als sie bei uns am Tisch sitzt. Und: »Was hast du in den Tee getan?«
»Kardamom. Ich mache jetzt alles nordafrikanisch. Die Küche, mein ich.«
»Und dein Kuchen ist auch gut. Mhh, die Krümel schmecken am besten«, sagt sie.
»Die Krümel sind immer am besten«, sage ich.

Nach dem Essen bitte ich die Kinder, bei uns am Tisch zu bleiben. Vor mir liegen Stifte und Lineal. »Ich habe etwas vorbereitet«, sage ich.
»Was denn?«, fragen sie.
»Einen Test«, sage ich. Ich stelle die Kinder neben meine Mutter. Sie sehen sich nicht ähnlich. Nasen und Augen muss ich erst gar nicht vermessen, und bei Ohren und Mündern kommen auch nur weit auseinanderliegende Ergebnisse zustande. Eigentlich stimmen nur die Ohrläppchen überein. Und beim Kleinen nicht mal die.
»Jetzt geht's schriftlich weiter.« Ich verteile Stifte und Papier und lasse alle Kühe und Hasen zeichnen. Dann bitte ich sie aufzuschreiben, was ihnen als Erstes bei den Worten ›blau‹, ›Niagarafälle‹ und ›Rakete‹ einfällt, und schließlich sollen sie noch Lieblingsessen, Lieblingslied und die Uhrzeit aufschreiben, die ihnen am besten gefallen.

»Und für was war das jetzt gut?«, fragt mich meine Mutter.

»Das war nur ein Test«, sage ich.

»Und der Sinn des Lebens, Oma? Kannst du mir den Sinn des Lebens sagen?«, fragt die Mittlere meine Mutter. »Papa will es mir nicht sagen.«

»Dass etwas bleibt«, sagt meine Mutter. »Dass etwas bleibt, mit dem es weitergeht.«

»O.k., danke«, und weg ist sie.

Abends fege ich noch einmal unter dem Tisch. Krümel und Staub, der Inhalt des Hausmanndaseins, denke ich. Ich denke an die Zeitungsanzeige, an Oran, an die Pest, an Camus. Aber wer kennt heute noch Camus? Na, wenn schon. Ganze Städte gehen unter, und spätere Menschen wundern sich, wenn sie sie zufällig wiederfinden. Ganze Völker verschwinden. Hauptsache, es geht immer weiter.

Jenseits

Das Roadmovie ist ein schönes, einfaches Genre. Eine Figur macht eine Reise. Entlang des Weges erlebt sie eine Reihe episodenhafter Abenteuer.

Irgendwann ist der Film zu Ende, denke ich. *Easy Rider*. *Broken Flowers*. Ich habe das Gefühl, genau so ist mein Leben. Nur, dass es zurzeit räumlich auf Haus und Garten begrenzt ist und dass es kein Ende zu haben scheint, das Episodenhafte. Wir stehen unter dem Walnussbaum. Oben Gurren der Tauben. Erstmals seit den Tagen der Kindheit, die ich bei der Großmutter auf dem Land verbrachte, nehme ich es wieder bewusst wahr, weil mich die Kinder fragen, was das für ein Vogel ist, dort oben. Damals wusste ich nicht, dass es Tauben waren, die gurrten. Ihre Rufe waren mir nur immer aufgefallen, wenn wir, Großmutter und ich, die Harken geschultert, den Weg, am Hospital vorbei, zum Friedhof zurücklegten. Stets ging ich gebeugt, denn mir war, als riefen uns die Seelen der Toten, der tote Großvater, der tote Vater, die Mutter, die Schwestern und die Schwägerin der Großmutter, die dort versammelt unter der polierten schwarzen Grabplatte lagen.

Wenn wir wieder zu Hause waren, guckte das halbe Dutzend Toter zu uns Sofasitzern hinüber. Großmutter hatte Fotos von ihnen auf den Fernseher gestellt. Von dort lächelten sie uns zu, wenn wir lachten. Sie lächelten uns zu, wenn wir weinten. Sie lächelten immer, auch wenn wir nicht verstanden, was wir sahen. Und es war viel, was wir an *Kung Fu*, *Bonanza* und *Flipper* nicht verstanden. Ich war ein kleiner Junge, und Großmutter war alt. Viel Platz für Verstandeslücken.

»Wie lange bauen Tauben am Nest? Ist das Weibchen schwanger? Wann schlüpfen die Jungen? Wo sterben Vögel?«, fragen meine Kinder. Sie fragen, ohne Antworten zu erwarten, denn sie wissen, wenn ich mit großen Augen und offenem Mund reglos dastehe, dann träume ich von einer anderen Welt.

Was war das damals für eine jenseitige Welt?, überlege ich. Niemals wieder lebte ich so fiktiv. Auf der einen Seite die lächelnden Toten, denen wir den Kiesweg harkten, der die Platte umgab. Wir entfernten das Unkraut sowie unzählige kleine rote Krebstierchen, die unter die Kiesel flitzten, wenn wir harkten. Totes durfte mit Lebendigem nicht in Berührung kommen. Auf der anderen Seite die Fernsehserien aus Amerika, die uns eine Welt voller Kämpfe und Abenteuer vorgaukelten. Und wir mittendrin. Aber unser Abenteuer bestand darin, mit der krebskranken Mutter zu leben. Es war Carolas Mutter aus dem Haus gegenüber. Carola war dick. Sie hoffte, durch Süßigkeiten die Gegenwart des Krebses zu vergessen. Unser Abenteuer war das kontrollierte Spiel mit dem behinderten Sohn der Gartengeräteverkäuferin am Markt, wo der steinerne Brunnen stand. Ihr dürft nicht an seinen Kopf kommen, schärfte man uns ein und steigerte so unsere Lust, es auszuprobieren. Unsere Welt war kein Abenteuer, das nach 45 Minuten in Harmonie und Schlussmelodie ausklang. Unsere Welt war wirr, voller unverständlicher Krankheiten, eine endlose Bürde. Genau das verkündete uns das seelenlose Gegurre aus den Bäumen, wenn wir zum Friedhof gingen. Ich hörte genau hin. Ich höre es jetzt noch.

»Komm, Papa. Gehen wir rein«, ziehen mich die Kinder am Ärmel.

Bei meiner Einkaufstour mache ich einen Abstecher in den Copyshop. Zu Hause klebe ich ein auf 60 x 40 cm hochkopiertes Buch meiner Großmutter aus dem Fotoalbum auf den Bildschirm des Röhrenfernsehers. Ich schalte ihn ein. Die Kinder setzen sich neben mich. Hinter Großmutter verkündet die Nachrichtensprecherin Neuigkeiten. Sie ist nur noch ein Schemen. Es ist, als spräche Großmutter zu uns. Die Toten sind zum Leben erwacht.

»Was soll das?«, fragt mich die Älteste.
»Heute Vormittag habe ich an Großmutter denken müssen. Da bekam ich Sehnsucht.« Ich gehe zum Fernseher und entferne Großmutter.
»Was ist der Sinn des Lebens?«, fragt mich meine Mittlere wieder einmal. »Kannst du das im Lexikon nachgucken?«
»Da steht so vieles drin. Aber ich habe dir doch schon erzählt, dass der Sinn des Lebens individuell verschieden ist. Dass du dir den selbst zusammensuchen musst. Außerdem hast du doch mit Oma darüber gesprochen. Das Wichtigs-

te ist, dass es weitergeht, meinte sie doch, oder?« Ich zerknülle das Foto und gehe zum Mülleimer. Die Kinder
folgen mir.

»Und deine Großmutter, wusste die das auch nicht?«, fragt
die Mittlere.

»Nee, die hat immer gesagt: Für den Sinn des Lebens habe
ich keine Zeit«, erzähle ich. »Als die klein war, war Krieg.
Nach dem Krieg bekam sie Kinder. Weil Krieg gewesen
war, war alles viel schwieriger als heute. Alles war kaputt,
und dann war schon wieder Krieg. ›Man muss zusehen,
wie man sein Leben meistert‹, so was hat sie gesagt.«

»Das ist aber nicht sehr konkret«, bemängelt die Älteste.

»Ja, stimmt. Und das Konkrete, was sie mir gesagt hat,
damit könnt ihr nichts anfangen.«

»Was denn, Papa? Erzähl!«

»Dass es im Alter schwieriger wird mit dem Stuhlgang. Da
ist nur das Wort ›Stuhlgang‹ schön dran, weil es so bildhaft
ist«, sage ich.

»Was ist denn ›Stuhlgang‹?«, fragt der Kleine.

»Irgendwas Fieses«, sagt die Älteste.

»Irgendwas aus Holz«, sagt die Mittlere.

Abends im Bett erzähle ich meiner Frau von unserer kleinen Taubenkunde. Das müsste sie freuen, schließlich ist
sie Ornithologin. Aber sie grunzt nur, dreht sich zur Seite
und schläft. Ich habe wieder eine nutzlose durchwachte
Nacht vor mir, denke ich. Nutzlos wach liegen und wohl
auch dem Sinn des Lebens nicht näher kommen. Was für
eine Nacht.

Eine Romanze (wird bald Ihr Leben bereichern. Richten Sie sich darauf ein)

»Papa, ist das schön so?«, fragt mich meine Älteste. Ihre Augen strahlen. Sie hat den Esszimmertisch unter allerlei Utensilien verschwinden lassen: Blumen, Kerzen, Girlanden und verzierte Namenskärtchen. Meine Frau war für einige Tage auf einer Konferenz. Die Älteste bereitet ihr eine vollendete Heimkehr. Außerdem übt sie. Übermorgen erhält sie Besuch von einem Klassenkameraden. Ihr erstes Rendezvous.

»Kann man eigentlich denselben Gedanken noch einmal denken, Papa? Ich meine, genau denselben Gedanken. Also keine Standards wie: ›Ich muss auf Toilette‹ oder ›Oh wie schön die Sonne scheint‹, sondern richtige Gedanken«, fragt sie.

»Liebes Kind«, beginne ich. So gespreizt spreche ich sonst nicht, und ich sehe das erstaunte Gesicht meiner Ältesten. Mit zunehmendem Alter werden die Fragen meiner Kinder komplizierter. Manche Frage ist für mich so erschreckend neu und wagemutig, dass ich nachts, wenn alle schlafen, zum Bücherregal gehe und mich durch die Lexika blättere. Von Gedankenfetzen aufgewühlt taumele ich zurück ins Bett, voller halb verstandener Gewissheiten, aber ohne eindeutige Antworten. Ich schlafe rasch ein und träume von Irrlichtern. Meine Älteste drängelt. Sie muss in die Schule.

»Jedenfalls finde ich es schwierig«, sage ich, »einen gedachten Wortlaut zu einem späterem Zeitpunkt aufzuschreiben. Ich muss alles gleich hinschreiben, sonst ist es weg. Aber das mag an mir liegen. Ich kann mir nicht mal meine eigenen Texte merken.«
Unzufrieden sagt meine Tochter: »Und denken alle Menschen in Worten oder denken einige auch in Tönen oder in Farben oder in Symbolen?« Ich zucke mit den Achseln. »Oh Papa. Ich denke, du weißt so was.« Wir beide sind enttäuscht. Meine Tochter verabschiedet sich in die Schule. »Bitte lass im Esszimmer alles so, wie es ist«, sagt sie in der Tür. Ich gehe zum Bücherregal. Irgendwann klingelt das Telefon.

»Henni, was für ein glücklicher Zufall. Denkst du in Worten, Symbolen oder in Tönen? Und kannst du noch einmal dasselbe denken? Exakt dasselbe? Mit all der Chemie, die dazu notwendig ist?«
»Was ist denn bei euch los?«, fragt Henni. »So weit ist die Hirnforschung noch nicht. Wir warten noch auf die Ergebnisse.«
»Henni, eigentlich geht's mir um etwas anderes. Kann man sich auf etwas vorbereiten?«, frage ich. »Ich meine auf so etwas wie eine Romanze? Ich kannte mal einen alten Mann, dem war die Frau gestorben und der hatte im Wohnzimmer einen Sarg stehen, den er mit Schnitzereien verzierte. Seinen eigenen Sarg, verstehst du?«

»Worum also geht es?«, fragt Henni.

»Ich glaube, meine Älteste ist verliebt. Oder auf dem besten Weg dahin. Jedenfalls bereitet sie alles für den Besuch eines Schulfreundes vor. Das Esszimmer ist geschmückt. Und in ihrem Zimmer warten Sitzkissen und Früchtetee, und das Haus riecht nach Räucherstäbchen«, sage ich.

»Da hat sich seit dreißig Jahren nichts geändert«, sagt Henni. »Auch bei uns geht's schnurstracks Richtung Auszug«, sagt Henni.

»Das Ganze ist mir unsympathisch«, sage ich.

»Lerne, mit der Eifersucht zu leben, Vater«, sagt Henni.

»Du, warum ich angerufen habe. Marion ist mit Katharina ausgezogen. Es langt ihr, hat sie mir geschrieben. Nach sechzehn Jahren.«

»Oh, Henni, warum sagst du das nicht gleich? Das ist ja schrecklich. Ihr wart so ein schönes Paar.«

Wir schweigen.

Henni erzählt noch ein wenig, wie es so ist, plötzlich alleine zu leben. Schließlich klingeln meine Kinder an der Tür.

»Du, die Schule ist aus. Ich ruf dich nachher noch mal an, Henni«, verabschiede ich mich.

Als meine Frau nach Hause kommt und das ganze Brimborium im Esszimmer sieht, fragt sie mich als Erstes, ob ich ein schlechtes Gewissen habe. »Das war unsere Älteste«, sage ich. »Die Bräutigamschau steht ins Haus.«

»Du übertreibst. Sie ist elf. Alles geht den Lauf der Dinge«, antwortet meine Frau. »Übrigens müssen wir uns in der nächsten Zeit einschränken. Das Ornithologische Institut ist aus der Förderung gefallen. Das nächste Semester wird nur notdürftig finanziert.«

Abends im Bett habe ich das Gefühl, dass meine Kindheit, meine Jugend, mein Leben von einer obszönen Banalität sind. Alle anderen erleben größer Dimensioniertes. Sie tragen daher auch viel komplexere Gedankengebäude in sich. Ich denke nur in althergebrachten Kategorien. Gerade denke ich an Orpheus und Eurydike. Die griechische Sage über die Liebe zwischen dem Sänger und der Nymphe. Und wie Orpheus mit seinem Gesang die Götter erweichte und seine durch Schlangengift getötete Angebetete aus dem Hades wieder zurück unter die Lebenden holen durfte. Und wie Eurydike schlussendlich doch im Hades bleiben musste. Ich zappele mit meinen Beinen. Ich muss an den im Fluss treibenden Kopf des Orpheus denken, der auch vom Rumpf abgetrennt nicht aufhören konnte zu singen.

»Was ist denn mit dir?«, fragt mich meine Frau.
»Ich denke, und ich bin unruhig.«
»Und was denkst du?«
»Eben dachte ich an Orpheus und Eurydike, und jetzt denke ich an diese Geschichte von Kafka, ›Vorbereitungen vor der Hochzeit‹ oder wie sie heißt. Das sind Vorbereitungen, die per se zum Scheitern verdammt sind. Außerdem regnet es da immer.«
»Mach dir nicht so viele Sorgen und schlaf jetzt«, sagt meine Frau.
»Gut«, sage ich. Ich stelle mir das gleichmäßige Prasseln aus Kafkas Geschichte vor und schlafe.

Der große Tag ist gekommen. Der Junge, der am Nachmittag klingelt, ist blond. Er sieht nett aus. Unter dem

Arm trägt er eine Tupperdose. »Das ist eine Überraschung«, sagt er. Ich muss ungewöhnlich häufig ins obere Stockwerk. Auch meine beiden jüngeren Kinder spielen im oberen Flur. Aber außer Räucherstäbchengeruch bemerken wir nichts. Vor dem Abendessen geht der Junge mit seiner Dose wieder nach Hause. Meine Älteste setzt sich an den Tisch. Wir anderen durchbohren sie mit Blicken. »Und, was habt ihr gemacht?«, fragt endlich die Mittlere.

»Der soll nie wieder zu uns kommen«, sagt meine Älteste.

»Was war denn in der Dose?«, fragt der Kleine.

»Da war eine Kröte drin«, sagt die Älteste. »Eine Kröte, die sich in die Erde einbuddelt, sodass nur noch die Augen rausgucken. Und einmal im Monat kriegt sie eine Maus zu essen. Lebend. Und die Augen und das, was von der Maus aus der Kröte rauskommt, leuchten im Dunkeln. Das hat er mir gezeigt. Und dass die Kröte auch Räucherstäbchen essen kann.« Wir nicken und essen schweigend weiter. Es schmeckt nicht mehr so richtig.

Als die Kinder in ihren Betten liegen, treffe ich meine Frau am Bücherregal.

»Weißt du etwas über fluorisierende Frösche?«, frage ich sie.

»Ich suche nach den Gebrüdern Grimm«, sagt meine Frau. In dieser Nacht können weder sie noch ich gut in den Schlaf finden.

Musik perlt durch das Haus

Es ist Samstagmorgen. Ich komme vom Markt und begrüße das Pferd, das über unserem Hauseingang hängt. Eigentlich ist es nur ein Pferdekopf. Zerstrubbelt sieht er aus. Es ist windig heute. Den Kopf hat mir ein Freund, der auf dem Schlachthof jobbt, geschenkt. Ich trete ins Haus hinein in ein Dröhnen aus verschiedenen sich überlagernden Musiken. Ich komme mir vor wie im Innern eines kollabierenden Herzens. Am besten sind Joy Division herauszuhören. Ian Curtis mischt sich mit der intensiven Stimme von Siouxsie Sioux, die aus einem anderen Zimmer kommt. Darunter blubbert Surfmusik. Respektlos verleiben sich meine drei Kinder die Popmusik des letzten Jahrhunderts ein. Die Musik meiner Jugend. Meine Zweitgeborene sitzt im Flur und untermalt konzentriert die Beach Boys mit Flötentönen. Aber sie ist in diesem Lärm kaum zu hören.

»Was ist mit dir?«, fragt mich meine Frau in der Tür.
»Ich packe die Einkäufe weg.«
»Nein, du stehst da und guckst. Außerdem wolltest du das Wochenende zum Schreiben nutzen. Aber wenn du gar nichts machst, kannst du ja auch den Schrank streichen, der in der Garage steht.«

»Nein, da passiert etwas in meinem Kopf. Die Geschichte entsteht gerade jetzt hier drin«, sage ich und tippe mir an den Schädel. Wortlos nimmt mir meine Frau die Taschen ab.

Mich faszinieren Dinge, die sich am Rand der Gesellschaft abspielen, denke ich. Mainstream interessiert mich nicht. Mainstream macht mir Angst. Es gibt schon genug Schafe, die der Herde folgen. Ich liebe Amateure, denke ich.

Joy Division machen gerade eine Pause. Beach Boys und Flöte sind jetzt besser zu hören und dahinter glasklar die Stimme von Siouxsie Sioux. Vom ›Happy House‹ singt sie. Ich erinnere mich deutlich an Siouxsie Sioux, eine Ikone unserer Jugend. Ihre extravagante Kleidung. Ihre flächig mit Kajal umrahmten Augen. An die Banshees erinnere ich mich nicht. Mit Siouxsie taucht Swantje wieder in meiner Erinnerung auf, geheimnisvolle Schulfreundin, die vielleicht in unseren gemeinsamen Schulfreund Jörn verliebt war. Und ich habe nichts davon mitbekommen. Swantje, die Siouxsiefan war. Zuerst kam Siouxsie, als Zweites kam Siouxsie, als Drittes und dann lange nichts. Und dahinter irgendwann Pferde. Ich setze mich an den Schreibtisch und nehme mir ein Blatt Papier. In der Garage verrückt meine Frau den Schrank.

Geschichten sind zweitrangig, denke ich. Weil es nur eine begrenzte Anzahl von ihnen gibt. Aber es gibt unendlich viele Formen und Stilarten. Eine Geschichte sollte sich eher verstecken. Die dramatischen Dinge können gerne weggelassen werden. Mich interessieren die Charaktere und ihre Interaktionen. Wie Figuren Dinge anschauen und wie dabei die Zeit vergeht.

Hinter der Tür gibt Siouxsie alles, daneben höre ich jetzt *Eleanor Rigby* von den Beatles und etwas Elektronisches von Aavikko, einer finnischen Band. Im gleichen Augenblick stürmt mein Sohn ins Zimmer, spielt lachend Luftgitarre, dann dreht er sich um und läuft die Treppe rauf.

Wie in einem Theaterstück steht im nächsten Moment meine Frau in der Tür. »Ich habe dir nichts getan«, sagt sie. »Nun ist mir traurig zu Mut./ An den Hängen der Eisenbahn / leuchtet der Ginster so gut. / Vorbei – verjährt – / doch nimmer vergessen. / Ich reise. / Alles, was lange währt, / ist leise. Das ist von Ringelnatz. Und: Ich habe den Schrank in Position gebracht. Farbe, Pinsel, alles liegt bereit. Und in der Garage herrscht eine himmlische Ruh.«
»Ich bin doch hier der Schriftsteller«, antworte ich verwirrt. »Normalerweise zitiere ich bei uns die Dichter.«
»Die Dinge ändern sich«, sagt meine Frau. »Also, ich fange jetzt an.«
»Paint it black«, rufe ich ihr hinterher.

Ich zeichne schwarz umrandete Augen. Die Zeichnung sieht weder Swantje noch Siouxsie ähnlich. Ich zerknülle sie. Ich möchte nie zurückblicken. Überraschend denke ich diesen Satz. Einen Satz, den Swantje gesagt hat. Sie brachte immer solche Klopfer. Wir waren siebzehn Jahre alt, und sie sagte Sachen wie: Die Vergangenheit sollte vorbei sein. Wie bei einem Film. Wenn eine Szene gedreht ist, kann man sie nicht wiederholen. Man kann nicht zurück. Niemals. Wie im tatsächlichen Leben. Man kann nichts ungeschehen machen. Oder geschehen. Jedenfalls etwas in diesem Sinne sagte sie. Ich kann mir Wortlaute nicht 25 Jahre lang merken. Es waren Plattitüden aus Zeitschriften, die sie zu ihren machte. Kurz vor dem Abitur ist Swantje mit ihrem untypischen Reit-Outfit vom Pferd gefallen. In die Schule kam sie danach nicht mehr. Aber wenn man sie im Ort traf, steckte sie noch immer in dieser Siouxsie-Sioux-Verkleidung. Und als würde das nicht ausreichen, hatte sie damals einen Krückstock wie Käptn Ahab dabei. Auf dem Friedhof hatte sie keinen dabei. Was sie wohl heute macht?

An diesem Tag sitze ich noch lange am Schreibtisch, zeichne Hunde und Brücken und Toaster und Pferdeköpfe. Irgendwann wird die Musik ausgestellt. Später dann fragt meine Frau, ob ich auch schlafen gehe. Viel später gehe ich tatsächlich ins Bett.

In der Nacht wache ich auf. Es ist mein Herz, das wie wild hämmert. Ungehobelt und irgendwie krank hört es sich an, finde ich. Ich liege auf der linken Seite. Es ist vier Uhr morgens. Ich sollte schlafen. Aber wenn das Herz so ungesund schlägt. Man hat immer Angst, in sich selbst hineinzuhören. Immer denkt man, das Herz könne aufhören zu schlagen. Leise stehe ich auf, gehe durchs Haus, gehe in die Garage. Es riecht nach Farbe. Wenn ich das Licht nicht anschalte, kann ich mir vorstellen, dass der Schrank weiß gestrichen ist. Weiß wie das weiße Album der Beatles. *Join Hands* von Siouxsie war auch fast weiß. *Snowblind* von Black Sabbath. Weiß mag keine Farbe sein, aber Weiß steckt voller Möglichkeiten.

Leere Seiten

Ich stehe am Fenster und blicke auf Berge, Kühe, Hütten. Es sieht aus wie in einem japanischen Animationsfilm, aber es ist Oberösterreich. Ich bin der Großvater und schimpfe mit Ziegenpeter. Oder ich bin *Das wandelnde Schloss*. Quietschend und scheppernd geht es über Stock und Stein. Da klingelt das Zimmertelefon. »Der Adler ist gelandet«, sagt Henni.

»Schön, dass du kommen konntest, Henni«, sage ich.

»Danke«, sagt er. »Danke für alles.«

Henni weiß nicht, wie ideal ich es finde, dass er grade jetzt von seiner Frau verlassen worden ist. Denn seit Monatsbeginn werden in unserer Straße Bauarbeiten durchgeführt, die infernalisch laut sind, so kam mir die Idee, Henni und mir eine Ortsveränderung zu verschaffen. Übers Internet buchte ich ein verlängertes Wochenende in der Almhütte am Attersee. Mein Geschenk für einen alten Freund. Die Almhütte ist ein Hotel mit 560 Betten, 1998 gebaut. Ein alpines Hochhaus, mit an den Spritzbeton gedübelten Holzschnitzarbeiten und aufgemalten Geranien. Dazu die grandiose Bergwelt und der See. Wegen Papierkram für das Sorgerecht seiner Kinder konnte Henni erst einen Tag später kommen, aber jetzt ist er da.

»Das hier war der tote Winkel Europas«, sagt Henni. »Zur Nazizeit, meine ich. Hier haben die sich alle verkrochen.«

»Sei nicht so negativ«, sage ich. Wir betreten die Dorfgaststätte. Über der Theke brennen vier Lampen. Rauch steigt steil in ihre Lichtkegel. An den getäfelten Wänden erkenne ich die lebensgroße Abbildung des menschlichen Körpers mit wegretuschierten Geschlechtsorganen sowie ein Bild von Kaiser Joseph I. in vollem Krönungsornat. Gut getarnt steht eine Handvoll braun gekleideter Männer vor der Täfelung.

»70 bis 80 Prozent der Mitarbeiter vom Reichssicherheitshauptamt kamen aus Österreich«, fängt Henni wieder an.

»Hör auf damit«, sage ich. »Außerdem habe ich Geschichte studiert, nicht du.«

»Ein bisschen was weiß ich auch«, sagt er. »Das Reichssicherheitshauptamt hat die Judenvernichtung organisiert. Adolf Eichmann ist in Linz aufgewachsen, Hitler wollte da studieren – das waren alles Menschenhasser.«

»Saubuam«, sagt jemand aus Richtung Täfelung. »Die Juden mit ihrem ewigen Bedrohtsein sind da nicht unschuldig. Kein Rauch ohne Feuer«, sagt ein anderer.

»Komm, wir kaufen einen Enzian, und dann gehen wir raus in die Natur«, schlage ich vor.

Kühe grasen auf der Alpwiese. Nur den hässlichen gelben Enzian mögen sie nicht. Aus dem brennen die Bauern dann ihren Schnaps. Das Wetter ist herrlich. Wir wandern ein Stückchen und nehmen einen Schluck aus der Flasche. Hinten wird die Sicht vom Höllengebirge begrenzt.

»Irgendwo dort wollte Ötzi über die Alpen«, sagt Henni und zeigt wahllos auf die Berge.

»Aber er hat's nicht geschafft«, sage ich und mache eine
unnatürliche Armbewegung, die der Lage nachempfunden
ist, in der die Gletschermumie gefunden wurde.
»Wart mal«, sagt Henni. »Die schaffen's auch nicht mehr.«
Er holt einige CDs aus seiner Manteltasche. »Die Kuschel-
rock-CDs von Marion. Fand ich immer furchtbar.« Ein-
zeln schmeißt er sie wie Frisbees in die Landschaft.
»So«, sagt er, als er die letzte fortgeschleudert hat. »Wieder
etwas geschafft.«
Wir gehen weiter. Die Flasche ist bald leer.
»Weißt du, was Tschechow seiner Frau schrieb, zwei Wo-
chen vor seinem Tuberkulosetod?«, frage ich Henni.
»Was denn?«
»Tschechow schrieb: ›Mein lieber Hund, du fragst, was ist
das Leben? Das ist, als wollte man fragen, was ist eine
Mohrrübe? Eine Mohrrübe ist eine Mohrrübe, mehr ist
darüber nicht zu sagen.‹ Das ist gut, oder?«
»Nein, das ist Quatsch! Das hört sich an wie die Stein mit
ihrer rosigen Rosenrose. Scheiß Mohrrübe, scheiß Rose!«
»Jetzt hörst du dich an wie der Seemann von früher. Weißt
du noch?«, frage ich.
»Scheiß Seemann!« Henni leert die Flasche und schmeißt
sie in die Landschaft. Wir gehen zum Hotel zurück. Trinken noch etwas, dann gehen wir schlafen.

Ich liege im Hotelbett. Niemand liegt neben mir, und es
gibt keine Kinderrufe, die nach etwas verlangen. Mein
Kopf brummt. Ich nehme mir den Weinberger vor. *Das
Wesentliche* heißt sein Buch. Im Klappentext steht, dass
Eliot Weinberger sich lebendig und klingend lesen lässt.
Weinberger ordnet seine Funde nicht ein, er belässt sie in

ihrer barocken Beliebigkeit. Montiert das, was er gefunden hat. Weinberger schafft nur wenige Sätze am Tag. Für einen Essay braucht er Monate, denn zuvor muss er reisen. Kaum ein Schriftsteller reist so viel wie Weinberger. Manchmal sind es Jahre der Recherche, und danach tut er nichts anderes, als »die schönsten Blumen auf der Wiese zusammenzustellen«, wie er es selbst nennt.

Ich lese seinen Text über das Rotkehlchen und schlafe darüber ein.

Am nächsten Tag machen Henni und ich eine Wanderung in Richtung Dachstein. Abends gehen wir ins Dorfkino. Henni mag Filme. Er sagt: »Filme sind gestaltete Zeit. Man hat wieder etwas davon hinter sich gelassen.«

»Ist nicht alle Kunst gestaltete Zeit?«, frage ich. »Gartenarbeit, Schule, Kochen, Sex? Menschen gestalten. Ich finde, viel zu wenig ist ungestaltet, grobschlächtig und frei.«

»Nee, finde ich nicht«, sagt Henni. »Es gibt viel zu viel Chaos.« Dann beginnt der Film. Nach dem Kino gehen wir noch einmal auf die Alp.

Unter dem Sternenhimmel sagt Henni: »Es ist eine Hauptquelle unseres Unverständnisses, dass wir den Gebrauch unserer Wörter nicht übersehen.«

»Du sprichst mit Wittgenstein«, sage ich. Henni nickt. Ich bleibe bei Wittgenstein und sage: »Wovon man nicht sprechen kann, darüber muss man schweigen.« So gucken wir noch ein wenig in den Himmel. Als es zu kalt wird, gehen wir zurück zum Hotel.

Auf der Zugfahrt nach Hamburg frage ich Henni. »Und, was wirst du jetzt anfangen, so alleine?«

»Die Perioden des Glücks sind die leeren Seiten des Lebens«, antwortet er. »Jetzt werden sich die Seiten wieder füllen.« Er lächelt.

Als ich wieder zu Hause ankomme, die verbreiterte Straße entlanggehe, ohne die flankierenden Straßenbäume, ohne das alte Hotel, das den Ortseingang markierte, denke ich, dass meine Heimat alle ihre Eigentümlichkeiten einer lebenswerten Wohnlandschaft verloren hat, dass meine Heimat jetzt endgültig zum Wundrand der Großstadt geworden ist. Die Kinder fragen, wie es war.
Meine Frau fragt. Ich erzähle, dass es Henni besser geht, dann gehen wir schlafen.

Am nächsten Morgen, als alle Familienmitglieder wieder auf ihren Umlaufbahnen sind, schreibe ich einige Zeilen: »Meistens ist mir alles egal. Die Bakterien stecken mir im Mund und sonst wo. Ich blättere mich durch Zeitungen und Bücher: Krisen und Morde, ich höre Melvins und Schubert, alles durcheinander, so wie das Leben. Und so leid es mir tut, je älter ich werde, umso weniger rührt es mich an. Heute werde ich wie jeden Tag zum Einkaufen durch die stetig hässlicher werdenden Straßen radeln, und ich werde nichts sehen, nichts lernen, nichts sein. Und darin liegt neben etwas Beruhigendem viel Angst, dass mein Tod nicht viel ausmachen wird. Keine große Sache für niemanden.«

Ich lese die Zeilen noch einmal. Ich finde sie zu traurig und streiche sie durch.
Dann mache ich mich ans Mittagessen.

Auf der Rennbahn

Wenn ich meine Einkaufsstrecke abkürze und hinter dem Hypermarkt entlangfahre, treffe ich regelmäßig auf Herrn Herms, der in den Hypermarktmülltonnen nach Lebensmitteln sucht. Wir grüßen uns. Außer Herrn Herms habe ich auch schon einige junge Leute dort gesehen. Einerseits nimmt die Armut im Land zu, andererseits ist es in Mode gekommen, Lebensmittel, deren Mindesthaltbarkeitsdatum abgelaufen ist, aus dem Müll zu fischen.

Jetzt Mitte August hat das Licht eine ganz besondere Helligkeit. Es sind diese Tage, an denen man vollkommen unerwartet einen Vorgeschmack auf den Herbst bekommt. Man ahnt Verborgenes hinter der Wirklichkeit und befindet sich in einer eigenartigen Stimmung. Auch die Kinder sind unruhiger als sonst.

»Heute ist Hunderennen im Neubauviertel«, sagt mein Sohn, als ich vom Einkauf zurückkomme. »Fahren wir da hin?«
»Ich nehme die Kamera mit«, sagt meine Älteste.
»Und ich stecke Kleingeld ein, um zu wetten«, sage ich. »Vielleicht ist das wie beim Derby in Horn. Eine Freundin

hat mich einmal in die dortigen Gepflogenheiten einge-
führt. Zuerst kauft man sich ein Wettkampfheft, da sind
die Rennen und die Pferde aufgelistet. Dann setzt man auf
ein Pferd, aber nie mehr als fünf Euro, und dann kauft
man sich eine ›Rennwurst‹ und wartet aufs Ergebnis. Als
Novize muss man der ganzen Freundinnengesellschaft
Würste spendieren. Im ersten Jahr gewinnt man gewöhnlich. Aber das garantiert nichts für die Folgejahre«, doziere
ich.
Meine Frau runzelt die Stirn. Mein Sohn rennt nach oben
und plündert seine Spardose.

Ich bin etwas enttäuscht, als wir an der Rennbahn ankom-
men. Zwar bellt und jault es überall, und die Hundehun-
dertschaften verströmen strengen Geruch, auch gibt es ein
richtiges 480-m-Rund, aber es sind ausschließlich normale
Leute zu sehen. Immerhin führen sie besondere Hunde an
der Leine. Wetten kann ich keine platzieren. Professionelle
Hunderennen à la Bukowski sind nur in den USA und in
England gestattet, erklärt mir ein Hundefreund. Immerhin
gibt es ›Rennwürste‹. Und um den Grill stehen dann auch
einige Bukowski-Typen mit zurückgegelten Haaren, ver-
spiegelten Pilotenbrillen und Cowboyhemden. An einem
der Tische sitzt Herr Herms. Wir nicken uns zu.
»Die Hunde sehen aus wie Ratten«, sagt mein Sohn.
»Wie ausgemergelte Ratten«, ergänzt meine Mittlere.
»Kinder«, sage ich, »der Hund ist der Herzstern des Menschen!«

Dann geht es los. Die Hunde rennen einem Plüschdumbo
hinterher, dem Walt-Disney-Elefanten mit den riesigen

Ohren. Er hat keine Chance, wegzufliegen. Ist eine Runde gelaufen, kämpfen die maulkorbbewehrten Hunde um den falschen Hasen. »Hört mal zu«, sage ich, »vor vielen Jahren balgten sich um das Herz eines Hasens drei Hunde ...«

»Und weiter?«, fragt mein Sohn.

»Weiter weiß ich nicht.«

»Ist das ein Märchen?«, fragt die Mittlere.

»Was Papa so Märchen nennt«, sagt die Älteste.

»Entschuldigung, wenn ich Ihnen mal was empfehlen darf«, sagt Herr Herms, der sich zu uns gestellt hat. »Am besten ist das Outsider-Rennen am Abschlussabend. Da laufen alle Promenadenmischungen der Umgebung mit, und es geht drunter und drüber.«

Neben dem Häuschen, in dem die Rennleitung sitzt, wirbt ein Plakat für eine chromblitzende Enthaarungsmaschine. Ein Hund und eine Frau sind darauf abgebildet. Mit begeisterter Miene hält die Frau uns Betrachtern die Maschine entgegen.

Ich stelle mir vor, wie sich meine Frau im Bad die Achseln rasiert. Es gab im 19. Jahrhundert einen französischen Maler, der hat seine Frau im Bad gemalt. Immer wieder. Wie sie aus der Wanne steigt und sich abtrocknet. Die beiden wurden älter. Er malte sie immer wieder, und zwar stets so, wie sie in ihren Zwanzigern ausgesehen hatte. Selbst als alter Mann, nachdem seine Frau schon vor Jahrzehnten gestorben war, malte er diese Szene. Ein Künstler nimmt sich das von der Welt, was er braucht, denke ich. Ein Künstler ist eigentlich ein Kannibale.

»Wenn du dich jetzt entscheiden könntest«, frage ich meine Frau, »würdest du mich noch einmal heiraten?«

Meine Frau sieht mich an, sie sieht die Kinder an. Die Pause, in der sie überlegt, ist viel zu lang. Die beiden Mädchen beginnen schon, ihre Münder zu verziehen, weil meine Frau nichts sagt. Dann endlich öffnet sie den Mund. Ich bin gespannt wie ein Flitzebogen. Mein Sohn steht die ganze Zeit stumm neben uns. Die Mädchen halten ihr Lachen zurück. »Ich bin mir nicht sicher«, antwortet sie. »Ich weiß es wirklich nicht.« Ich bin enttäuscht. Die Mädchen kichern. Mein Sohn zeigt zur Rennbahn: »Guckt mal, da laufen sie wieder!«

Drei Hunde rennen auf gleicher Höhe direkt vor uns um die Kurve. Schräg gegen die Fliehkraft gelehnt, hecheln sie dem Ziel entgegen. Ihre Mäuler hinter den Maulkörben weit aufgerissen. Ihre Zungen schlenkern hin und her.

»Der Körper ist einfach ein sperriger Mechanismus, in dem wir hocken wie ein Mann in der Kabine eines Krans«, sage ich zu meiner Frau.

»Können wir uns bitte aufs Rennen konzentrieren«, sagt sie.

Als wir nach Hause gehen, hebt Herr Herms die Hand zum Gruß. Die ersten Blätter wehen über die Straße. Der Herbst wird kommen.

Ich danke:

Jürgen Abel, Sven Schischi Amtsberg, Hartmut Finkeldey, Natalie Gaulke, Tino Hanekamp, Jakob Hein, Paris und Manuela Kastanias, Astrid und Mik Lewalter, Thomas Meyer-Just, Friederike Moldenhauer, Jürgen Noltensmeier, Alice und Thorsten Passfeld, Gordon Roesnik, Wolfgang Schömel, Frank Spilker, Tina Uebel und Michael Schischi Weins.

Ein besonderer Dank gilt meinem Agenten Martin Brinkmann, ohne den es dieses Buch nicht gäbe, sowie meiner Lektorin Christine Gerstacker.

Wodka im Blut und Rebellion im Herzen

Lola stört, wo immer sie erscheint. Anzuecken ist ihre Stärke, ihr Ziel dabei: die Freiheit. Der Weg dorthin führt sie nach Hamburg, wo die Drama-Queen keine Gelegenheit auslässt, die träge Kunstszene aufzumischen: Als Ladendiebin erfindet sie die Criminal Art, als Moderatorin düpiert sie auf Radio Las Vegas die Anrufer, ein von ihr veranstalteter Wodkatrinkwettbewerb fordert Opfer … Hausverbot. In diesem Roman-debüt geht es zur Sache – eine aufregende und mitreißende Parforce-Tour über den Verlust von Heimat und die Selbstfindung zwischen Trash und Poesie.

»Mariola hat ein sehr gutes Buch geschrieben. Sie ist eh die Derbste.«   Rocko Schamoni

Mariola Brillowska
Hausverbot

320 Seiten, ISBN 978-3-7844-3333-2

Langen*Müller*   www.langen-mueller-verlag.de

Eine Liebesgeschichte

Sonja tobt. Und kurz darauf verschwindet sie.
Zurück bleibt der Maler, der, wenn er eine Frau
sieht, sofort zum Zeichenblock greifen und sie
porträtieren muss. Inmitten der Trennungskrise
erreicht den Tagträumer der Auftrag, eine Frau
aus der nahen Stadt zu malen, das Honorar ist
fürstlich. Er klingelt, überreicht Mozartkugeln,
zeigt ihr seine Mappe – mit Zeichnungen von
Frauen. Edouard und Nora, Maler und Modell,
Mann und Frau, das Spiel beginnt.
Eine Geschichte, so poetisch und geheimnisvoll
wie Feridun Zaimoglus Porträtbilder, die hier
zum ersten Mal in Buchform präsentiert werden.

*»Sein neues Buch ist ein Schätzchen. Es ist ein
schwer unterdrückbares Lachen, ein Lächeln, Grin-
sen, Feixen auch nicht ausgeschlossen, besonders an
unangebrachten Stellen.«*   FAZ

Feridun Zaimoglu
Der Mietmaler
172 S. mit 18 farbigen Bildtafeln, ISBN 978-3-7844-3324-0

Langen*Müller*   www.langen-mueller-verlag.de

Vive la différence!

Was verbindet eine katholische Parisienne mit einem zynischen Ostberliner sächsischer Herkunft? Gemeinsame Vorlieben für Hochprozentiges und Kulinarisches? Eher weniger, vielmehr sind es mal wieder die berühmten Gegensätze, die einander anziehen: französische Hochkultur versus deutsche Ruppigkeit, ergänzt durch sächsische Wurzeln, die Gelegenheit für nicht immer ganz ernst zu nehmende Reminiszenzen an DDR-Zeiten bieten.

In Benjamin Kindervatters Romandebüt trifft der »Blaue Würger« auf »Marinierte Schnecken«. Das Ergebnis: chaotisch-amüsante Szenen aus dem Leben eines ungleichen Liebespaares, das versucht, die kulturelle Kluft mit Humor und Gefühl zu überbrücken.

Benjamin Kindervatter
Amuse-Gueule ist kein Dorf
in Sachsen
180 Seiten, ISBN 978-3-7844-3345-5

Langen*Müller*   www.langen-mueller-verlag.de